# SPY×FAMILY

스파이 패밀리

가족의 초상

원작·일러스트 **엔도 타츠야**    저자 **야지마 아야**

학산문화사

# CHARACTER

## 로이드 포저

관계 : 남편

유능한 정신과 의사. 그 정체는 웨스탈리스의 엘리트 첩보원 '황혼'으로, 100가지 얼굴을 갖고 있다.

## 요르 포저

관계 : 아내

시청에서 일하는 사무직원. 뛰어난 살인 청부업자 '가시공주'라는 두 얼굴을 갖고 있다.

## 아냐 포저

관계 : 딸

명문 이든 칼리지 1학년. 어느 조직의 실험으로 태어난, 마음을 읽는 초능력자.

## 본드 포저

아냐의 놀이친구 겸 포저 가의 집지기 개. 원래는 군사 연구 실험체로 예지능력이 있다.

## MISSION

### 오퍼레이션 '올빼미'

동서의 평화를 위협하는 위험인물 데스몬드를 찾는 작전.
데스몬드에게 접근하려면 명문 이든 칼리지 학부모 친목회에
잠입해야 한다.

### TARGET

### 도노반 데스몬드

오퍼레이션 '올빼미'의 표적. 오스타니아 국가통일당 총재.

## KEY PERSON

### 다미안 데스몬드

타깃 데스몬드의 차남.

### 프랭키

정보상. '황혼'의 협력자.

### 유리 브라이어

요르의 남동생. 비밀경찰 소속.

## STORY

전쟁을 계획하는 오스타니아의 요인 데스몬드를 막기 위해 웨스탈리스의 첩보원 '황혼'은 가족을 만들어 아이를 명문 이든 칼리지에 입학시키라는 명령을 받는다. 하지만 우연히도 그가 고아원에서 데려온 '딸'은 초능력자, 이해가 일치한 '아내'는 살인 청부업자였다!! 그렇게 해서 정체를 숨기고 가족이 된 세 사람. 어느 날 폭탄견을 이용한 웨스탈리스 장관 암살계획이 발각되는데, 예지능력이 있는 개 덕분에 무사히 저지하는 데 성공, 그 개 '본드'를 새 가족으로 맞이하게 된다. 오퍼레이션 '올빼미'도 포저 일가도 무사히 본 궤도에 올랐는가 했지만, 위장된 평화 앞에는 수많은 난관이 기다리고 있었다!!

가족의 초상

## NOVEL MISSION : 1

"자연 교실이라고요?"

따끈한 코코아를 테이블에 내려놓으며 까맣고 동그란 눈을 깜빡이는 요르에게, 아냐는 코코아 잔을 끌어당기고 고개를 끄덕였다.

"이번 금요일에 우리 반 모두 산에 간대."

학교에서 받아 온 자연 교실 안내문을 내민다.

"후후, 아냐는 기쁜가 봐요."

"아냐 밖에서 자는 거 처음."

"네?"

처음에는 빙그레 웃고 있던 요르였지만 자고 온다는 말을 듣자 놀란 얼굴로 되묻는다.

"산에 가서 자고 오는 건가요?" "위."

갑자기 험악한 얼굴로 변한 요르의 마음속, 말 그대로 소리 없는 목소리가 아냐의 머릿속에 직접 들어왔다.

소녀 아냐 포저는 어느 조직이 만들어 낸 피험체 '007'. 가까

**SPY×FAMILY**

운 거리에 있는 사람의 마음을 읽을 수 있는 초능력자였다.

**'아냐는 아직 여섯 살인데, 첫 외박을 산에서 보내는 것은 난이도가 다소 높은 것 같네요⋯. 사냥하는 방법이나 사냥감을 손질하는 법을 가르쳐 두는 게 좋지 않을까요. 만약을 위해 곰을 퇴치하는 방법도⋯.'**

목소리와 함께 들어온 요르의 마음속 이미지. 거대한 곰의 입에 손을 넣어 혀를 잡아당기거나 단검으로 사슴을 잡아 해체하는 요르와, 토마토 축제에 다녀온 듯한 몰골로 그것을 견학하는 자신의 모습에 눈이 휘둥그레진 아냐는 남몰래 식은땀을 흘렸다.

'어머니가 생각하는 캠프랑 완전 달라.'

아냐가 '어머니'라고 부르는 요르 포저는 이곳 오스타니아 수도 베를린트 시청에서 근무하는 얌전한 성격의 미인이지만, 사실은 '가시공주'라는 암호명을 가진 뛰어난 살인 청부업자로, 남달리 살벌한 상상력이 옥에 티다.

물론 살인 청부업자니만큼 엄청나게 강하다.

"고기능 서바이벌 나이프는 필수품이겠죠⋯? 그리고 맹수

포획용으로 굵은 로프도… 여러 가지 매듭법도 전수하는 게 좋겠어요."

그리고 덫도… 하고 딴사람처럼 낮은 목소리로 중얼거리는 요르에게,

"아무리 자연 교실이라도 아마 아이들이 직접 짐승을 사냥할 일은 없을 겁니다."

아냐의 왼쪽 자리에서 아내가 내려 준 커피를 마시던 '아버지' 로이드 포저가 부드럽게 일렀다.

"실례지만 요르 씨, 안내문을 보여 주겠어요?" "아, 네."

베를린트 종합병원 정신과에 근무하는 로이드는 상대의 마음을 차분히 가라앉히기 위해 늘 온화한 말투로 이야기한다…. 하지만 그 역시 위장으로, 정체는 오스타니아와 냉전 상태에 있는 이웃나라, 웨스탈리스에서 잠입한 유능한 스파이다.

암호명은 '황혼'.

참고로 로이드는 아내가 살인 청부업자임을 모르며, 요르도 남편이 스파이라는 사실을 모른다.

호적상 이 부부의 외동딸인 아냐는 초능력자이기 때문에 두 사람의 정체를 알지만, 부부는 딸에게 사람의 마음을 읽는 능력이 있는 줄은 꿈에도 모른다.

**SPY×FAMILY**

또한 두 사람의 결혼 역시 순전한 위장으로 아냐는 어느 쪽과도 혈연관계가 없지만, 여러 사정상 요르는 아냐를 로이드와 전처 사이에서 태어난 아이로 알고 있다.

겉으로는 어디에나 있을 듯 평범해 보이는 포저 일가는 약간 복잡하며, 서로가 비밀을 간직한 채 위장된 평화를 유지하는 가족이었다.

"기간은 1박 2일. 잠은 텐트에서 자지만, 텐트 안에 침대와 테이블, 소파에 러그, 램프, 화장실과 간이 샤워실까지 있는 모양이군요."

아내에게 받은 안내문을 우아하게 넘기며 로이드가 말했다.

"어머, 요즘 캠프는 그런 시설까지 있나요?"

"요즘이라기보다, 이든 칼리지라서 그럴 겁니다."

눈을 동그랗게 뜬 요르에게 로이드가 쓴웃음을 지었다.

아냐가 다니는 이든 칼리지는 오스타니아에서 손에 꼽히는 명문학교다. 학생들은 모두 부잣집 아이들이고, 정계나 재계 고위층들의 자녀도 적지 않다.

영리를 위한 유괴 등 위험한 흉계로부터 학생들을 지키기 위해 캠프는 학교가 소유한 산에서 실시한다. 더구나 반마다 날짜가 다르기 때문에 교사 한 사람이 맡는 학생 수도 적고, 물론 야간 경비에도 만전을 기한다고 한다.

"마침 요즘은 날씨도 화창하니 좋은 기분전환이 될 겁니다. 책상 앞에 앉아만 있는 것이 어린이 교육은 아니니까요."

"그렇다면 안심이네요."

거기까지 설명을 듣고 비로소 요르도 마음이 놓인 듯하다. 그럼 과자를 가져올게요, 하고 웃으며 주방으로 향하는 요르.

"그렇기는 하지만…."

로이드의 시선이 안내문으로 향했다가, 다시 아냐에게 옮겨졌다.

"모닥불에 요리하기나 천체관측 같은 자연 교실만의 이벤트도 있는 모양이니 선생님 말씀 잘 듣고 친구들과 사이좋게 지내야 한다? 싸우면 안 돼."

"오키도키."

아냐가 거수경례 자세를 취하자 로이드는 "좋아." 하고 끄덕였다.

"대자연 속에서 함께 땀을 흘리며, 평소 다투던 친구와 서로 마음을 터놓는 것도 캠프의 참맛이니까."

**SPY×FAMILY**

"위!"

"친구와는 꼭 사이좋게 지내야 해."

'아버지 같은 말 두 번 하네.'

어디까지나 상냥한 아버지를 가장한 로이드의 웃는 얼굴 뒤로 스파이로서의 속내가 비쳐 보인다.

웨스탈리스 정보국 대 오스타니아과 'WISE'에 소속한 로이드의 임무는 통칭 오퍼레이션 '올빼미', 동서 평화를 위협하는 위험인물 도노반 데스몬드 국가통일당 총재의 동향을 감시하는 것이다. 조심성이 많아 사람들 앞에 모습을 거의 드러내지 않는 데스몬드와 확실하게 접촉하기 위해서는 그의 아들들이 다니는 이든 칼리지 친목회에, 특별대우학생의 부모로 참가해야 한다.

때문에 고아원에 있던 아냐를 입양하여 이든 칼리지에 입학시켰는데, 아냐의 성적은 아무리 좋게 말해도 우수하다고는 보기 어렵다.

용의주도한 로이드는 아냐를 우등생으로 만드는 '플랜 A'(말하자면 정규 루트)가 어려워질 경우에 대비해 아냐와 데스몬드의 차남 다미안을 친구로 만들어 가족끼리 친해진다는 '플랜 B'를 준비하고 있었지만, 입학 첫날에 아냐가 다미안을 때린

후 이쪽 역시 난항을 거듭하고 있다.


**'이걸 계기로 조금이라도 아냐가 다미안과 친해진다면….'**


로이드의 마음의 소리와 함께 흘러들어온 이미지(함께 얼굴
을 빛내고 웃으며 사이좋게 캠프를 즐기는 다미안과 자신의
모습)에 저도 모르게 표정이 사라지지만,

"아버지, 나만 믿어."

"응?"

"아냐 친구랑 사이좋게 지낼게."

그렇게 선언하자 로이드의 얼굴이 활짝 밝아졌다.

"그래! 착하게, 열심히 해야 한다."


**'동서의 평화가 네게 달려 있어.'**


"위."

좋아하는 로이드가 자신에게 의지하자 갑자기 의욕이 솟아
난 아냐는 코코아를 마시고, 요르가 가져다준 쿠키를 먹으며
'캠프 친구친구 대작전'을 생각했다.


**SPY×FAMILY**

아냐 캠프 공부한다.

↓

차남 아냐를 존경한다.

↓

"굉장해. 아냐는 캠프의 달인이구나. 나와 친구가 돼서 다음에 꼭 부모님과 함께 우리집에 놀러 와. 모두 다 같이 캠프를 하자."

↓

아버지와 함께 차남 집에 간다.

↓

차남의 아버지 만난다.

↓

"우리집에 잘 왔소, 포저 씨."

"처음 뵙겠습니다, 데스몬드 씨. 전쟁을 그만두십시오."

↓

세계평화.


'완벽해. 아냐 재능이 무서워.'

훗, 하고 웃은 아냐가 자신의 치밀한 계획에 취해 코코아를 마시고 있자니, 포저 가족이 기르는 개 본드가 다가왔다.

털이 북슬북슬한 몸을 바짝 대고 아냐가 든 잔의 코코아 향을 맡더니,

"멈멈."

하고 짖었다. 풍성하고 긴 털이 간지럽다.

"코코아는 마시면 안 돼, 본드. 코코아에 함유된 성분은 개한테 아주 해로우니까."

로이드가 먹보 멍멍이를 나무라며 "지금 우유 갖다줄게." 하고 자리를 뜨려 하자 요르가 얼른 일어섰다.

"아, 로이드 씨. 그럼, 제가…."

"아니, 그 정도는 내가 해야죠. 요르 씨는 편히 앉아 있어요."

"아뇨, 로이드 씨야말로 쉬세요. 언제나 바쁘게 일하시는데."

아내를 배려하는 남편과 남편을 배려하는 아내(다만 위장)가 서로 사양하며 주방으로 향한다.

그 뒤를 본드가 어정어정 따라간다.


'아버지', '어머니' 그리고 본드.

이곳은 조직에서 도망쳐 여러 고아원과 입양처를 전전하던

**SPY×FAMILY**

아냐가 겨우 손에 넣은 소중한 안식처다.

세계가 평화로우면 로이드도 요르도 본드도 안심하고 살 수 있다.

언제까지나 여기서 함께 살 수 있다.

'아냐 열심히 해야지!'

본드에게 사이좋게 우유를 주는 부모의 모습을 보며 아냐는 가슴 앞에서 자그마한 두 손을 꼭 모아 쥐었다.

◉

"제군, 오늘부터 이틀간의 자연 교실을 이든 칼리지 학생답게 어디까지나 엘레강트하게 보내도록."

"네!"

1학년 3반 담임 헨리 헨더슨의 이야기를 운동복 차림의 반 아이들은 예의 바르게 듣고 있었지만 마음은 눈앞에 펼쳐진 대자연에 온통 빼앗겨 있었다.

'와아, 꽃향기 좋다!'

'아, 방금 다람쥐가 있었어!'

'바람이 상쾌하네~'

'어, 저거 무슨 열매지?'

'새 지저귀는 소리가 들려.'

아냐의 머리에 반 친구들이 기뻐하는 마음의 소리가 끊임없이 들어온다.

아냐도 푸르게 우거진 초목과 도심에서는 볼 수 없는 맑고 파란 하늘, 처음 보는 새나 벌레들에게 정신이 팔렸다.

하얗고 큰 텐트 안은 아버지의 말처럼 호화롭다. 푹신푹신한 침대와 흔들거리는 해먹까지 있다.

'두근두근.'

처음 온 캠프에 열중하면 할수록 머릿속에서 '캠프 친구친구 대작전'은 사라져 갔다.

이어서 텐트 방 배정, 조별 멤버가 발표되고, 식재료와 조리도구 등을 받았다. 3반은 총 스물아홉 명. 텐트는 하나를 둘 또는 세 명이 함께 사용한다. 그 텐트 두 채를 합친 것이 한

**SPY×FAMILY**

조이기 때문에 네 명인 조가 여섯, 다섯 명인 조가 하나인 셈이다.

"같은 텐트를 쓰게 돼서 다행이다, 아냐."

아냐와 친한 베키 블랙벨이 기쁜 듯 말을 걸었을 때, 작전은 거의 머릿속에서 사라지고 없었다.

"텐트에서 먹으려고 무지 유명한 제과점의 초콜릿을 가져왔어! 포장이 엄청 정교하고 예쁘거든."

"아냐도 땅콩 가져왔어."

"우후후, 밤에는 간식 먹으면서 연애 얘기하기야?"

"연애 얘기?"

귀에 선 단어에 아냐가 어리둥절하자 베키가 한손으로 입을 가리고 씨익 웃는다.

그리고 남학생들 쪽으로 의미심장한 눈길을 보내며.

"연애 이야기라니까 말인데, 아냐 너 잘됐다. 쟤랑 같은 조라니, 사랑의 힘은 위대해!" "?"

꺅, 하며 흥분하는 친구의 시선 끝에는 로이드의 타깃의 아들이 부하 둘을 거느리고 서 있었다.

곱슬기가 있는 검은 머리. 어린아이답지 않은 권태로운 표정.

다미안 데스몬드다.

"뭐야, 쳐다보지 마, 못생긴 게."

아냐의 시선을 느낀 다미안이 이쪽을 노려본다.

"또 너랑 같은 조냐? 숏다리."

"나 원, 무슨 저주인지 모르겠어요, 다미안 님. 숏다리의 저주인가?"

"저런 바보와 함께라니 진짜 운도 없죠."

'오늘도 차남 재수 없어 부하들 재수 없어.'

울컥했지만 덕분에 완전히 잊고 있었던 미션의 존재를 떠올렸다.

'그래도 작전을 위해 참아야지. 아냐는 누님.'

아냐는 분노를 억누르고 다미안의 얼굴을 정면으로 지그시 바라보았다.

"뭐, 뭐냐?"

다미안이 주춤거린다.

"뭐야, 할 말 있어? 이 서민 주제에."

"아냐 너와 같은 조 된다는 거 알고 있었어."

"뭐?"

"! 아냐, 그건…!"

**SPY×FAMILY**

아냐의 말에 다미안은 수상쩍은 듯 미간을 좁히고, 베키는 떨리는 두 손으로 입을 가린다. 그 커다란 눈은 평소보다 더욱 초롱초롱 빛나고 있었다.

"그건 둘의 운명을 믿었다는 말이니? 틀림없이 같은 조가 될 거라고? 아이 아냐도 참, 로맨틱해!"

"로맨틱?"

"〈베를린트 러브〉 같아. 나 심쿵했어!"

"심쿵?"

사실은 교무실에 숨어든 로이드가 조 배정표를 조작했기 때문이지만 그 말은 할 수 없다.

하지만 베키의 말도 무슨 영문인지 어리둥절했다. 유일하게 알 수 있는 것은 〈베를린트 러브〉가, 친구가 요즘 열심히 보고 있는 드라마라는 정도다.

그런 아냐에 아랑곳없이 베키는 혼자 잔뜩 들떠 있었다.

"그 녀석(다미안)한테도 아냐의 지고지순한 마음은 꼭 전해질 거야."

"뭐?!"

그 순간 다미안의 얼굴이 삶은 문어마냥 새빨개졌다.

"무무무무슨 소릴 하는 거야!! 나는 너 같은 거랑 같은 조라

서 성가셔 죽겠는데!! 이 숏다리! 호박!! 징글징글 스토커!! 바
보바보바보야!!"

'…역시 이 녀석 한 대 치고 싶어.'

슬슬 인내심에 한계를 느낀 아냐가 아무에게도 안 보이도록
주먹을 쥐고 있는데,

"낫 엘레강트."

"!!"

소리도 없이 등 뒤에 서 있던 헨더슨이 조용히 속삭였다.

결코 언성을 높이지도 않았는데, 그 자리에 있던 전원이 자
신들도 모르게 차려 자세를 취할 만큼 위엄 가득한 목소리였
다.

"데스몬드. 상대에 대한 그 모욕적인 발언은 신사적인 행동
인가?"

"윽….."

헨더슨에게 꾸지람을 듣고 다미안은 분한 듯 이를 악물었다.


**'제길… 또 이 녀석 때문에 야단맞았어…. 이 숏다리랑 엮이
면 진짜 되는 일이 없다니까…. 제길, 제길… 이 녀석은 역병
귀신이야!'**


**SPY×FAMILY**

'! 아냐 역병귀신?!'

다미안의 마음을 읽은 아냐가 충격을 받았다.

시무룩해진 아냐와 억울해 보이는 다미안에게 헨더슨이 새하얀 수염 속에서 후, 하고 한숨을 쉬었다.

'캠프 친구친구 대작전'은 벌써부터 난관이 예상됐다.

◎

"알았지? 너희 절대 내 발목 잡지 마!"

각 조가 나눠받은 식재료와 조리기구 앞에서 다미안이 거드름 피우며 명령했다.

저녁밥은 학교 소속 셰프가 만드는 야외 만찬이 예정되어 있지만 점심은 각 조별로 직접 불을 피워 요리를 해야 한다.

**'고작 자연 교실이지만 수업은 수업이야. 이 녀석들 때문에**

내신 점수가 떨어지기라도 하면 스텔라가 멀어지니까. 데스몬드 가 사람은 어떤 때라도 1등이어야만 해.'

다미안의 마음속은 여전히 여덟 개를 획득하면 특대생이 될 수 있는 휘장인 스텔라(별)로 가득하다. 참고로 스텔라와 반대되는 토니토(번개)라는 벌점도 있는데, 이것은 여덟 개를 받으면 퇴학이다.

"어느 조보다도 근사한 점심식사를 만들어야지!"

"이 재료라면 가장 간단히 만들 수 있는 음식은 포토푀겠네."

재료가 든 자루를 베키가 들여다본다.

"포로해."

"포토푀라고. 그냥 물과 재료를 함께 끓여서 소금과 후추로 맛을 내면 돼."

"아냐 후추 못 먹어."

"아냐도 참, 진짜 어린애 같긴. 그럼, 후추는 안 넣고 해 줄게."

"만세!"

"그럼, 내가 채소 껍질을 벗길 테니까 아냐는….'

"누구 맘대로 막 시작하는 거야?"

**SPY×FAMILY**

두 여자애에게 무시당했다고 생각했는지, 다미안이 새빨개진 얼굴로 소리쳤다.

"뭐야? 진짜. 시끄럽게."

"왜 네 멋대로 결정하냐고! 너희가 할 일은 기껏해야 물 긴기나 땔감 모으기야. 자, 얼른 가!"

한결같이 거만하게 명령하는 다미안에게 잽싸게 두 부하 유인과 에밀이 따라붙는다. 참고로 얼굴이 긴 녀석이 유인, 둥근 얼굴에 뻐드렁니가 있는 녀석이 에밀이다.

"맞아, 맞아. 어차피 너희는 직접 불을 피워 본 적도 없지?"

"쓸모없는 건 이미 아니까, 우리 방해나 하지 마."

"뭐야, 너희도 그런 경험은 없을 거면서?"

베키가 어이없다는 얼굴로 반론하자 왠지 세 소년들은 의기양양한 얼굴로 후후, 하고 웃었다.

"뭐… 뭐야, 징그럽게."

"우리는 해병대 출신인 그린 선생님의 야외학습을 따라간 적이 있거든. 불 피우는 정도는 식은 죽 먹기야."

"그렇죠, 다미안 님?"

"그래."

아첨하는 두 부하에게 다미안이 자랑스레 가슴을 편다.

"보트로 강을 따라 내려가기도 했다고. 격류 속을 보트로 헤쳐 나갔었죠, 다미안 님."

"그래."

역시 거만하게 대답하지만, 순간 다미안의 머릿속을 스쳐 지나간 기억 속에서 그는 강물에 빠져 꼴사납게 허우적대고 있었다.

'차남 꼴사나워.'

저도 모르게 풋, 하고 웃은 아냐였지만 한편으로는 보트로 급류를 따라 내려가는 즐거운 일을 생각하고 두근두근한다.

"아냐도 보트 타고 싶어."

그렇게 말하자 다미안이 코웃음을 쳤다.

"너 같은 숏다리가 급류타기를 어떻게 하냐? 보트에서 떨어지기나 하겠지, 브아보."

"!!"

"너 진짜, 암만 그래도 너무 하지 않니? 다리가 짧은 거랑 보트 타는 게 무슨 상관이라고."

"?! 숏다리는 부정하지 않아?!"

베키의 미묘한 역성에 도리어 풀이 죽어 버리는 아냐였지만,

"…차남도 강에 빠졌으면서."

**SPY×FAMILY**

소곤, 하고 반격했다.

깜짝 놀란 다미안이 다음 순간 얼굴이 새빨개졌다.

"어, 어떻게 네가 그걸…."

"으아! 살려 줘!! 나는 데스몬드 가의 차남이라고!! 어푸어푸 어푸어푸 헉헉."

아냐가 짓궂게 그때의 다미안의 모습을 흉내 냈다.

"뭐야. 진짜로 빠졌던 거니? 한심하게~"

베키가 동정 어린 시선을 다미안에게 보냈다.

"으…."

머뭇거리던 다미안이 눈을 부릅뜨고 두 부하를 노려보았다.

"설마, 너희가…!"

"마, 말 안 했는데요?! 저희는."

"말할 리가 없잖아요! 이 녀석이 아무렇게나 지어낸 겁니다!!"

머리가 떨어져라 고개를 흔드는 충실한 부하의 말에 겨우 의심을 거둔 다미안이 아직 붉은 기가 가시지 않은 얼굴로 아냐를 노려보았다.

"제길… 너! 머리도 나쁜 주제에 감히 나를 떠봤단 말이지?"

"마, 맞아 아냐 떠봤다."

떠본다는 말이 무슨 뜻인지는 잘 모르지만 우선은 그 오해에 편승했다.

"약 오르지."

"윽, 30점짜리 주제에."

"과거만 돌아보는 남자는 매력 없어."

"뭐야?! 이게 또 무슨 소리야!"

"본드맨에서 그랬어."

"애니메이션 얘기였냐! 너 진짜 어린애구나?"

지긋지긋하다는 듯 소리치는 다미안에게,

'위험했다. 차남 짜증 나서 초능력 들킬 뻔했어.'

아냐가 남몰래 가슴을 쓸어내릴 때 베키가 생글생글 웃으며 이쪽을 보고 있었다.

이런 얼굴을 할 때의 베키는 무척 즐거워 보이지만, 무슨 말을 하는지 통 모르겠어서 난감하다.

"하아~ 러브러브도 좋지만, 솔직하지 못해 안타까운 두 사람도 포기가 안 되네. 〈베를린트 러브〉에도 그런 두 사람이 나오거든. 그럴 땐 얼마나 애가 타는지!"

그렇게 말하더니,

"걱정하지 마, 나는 아냐 편이니까."

하고 귓가에서 속삭였다.

**SPY×FAMILY**

역시 무슨 말을 하는 건지 모르겠다.

아냐가 고개를 갸웃거리고 있자니,

"일단 조리에 쓸 물을 냇가에서 길어 와 채소를 씻는 팀과, 땔감을 주워다 불을 피우는 팀으로 나누자."

베키는 그렇게 말하고, 귀여운 얼굴로 의미심장한 미소를 지었다….

◉

"제길… 블랙벨이란 녀석, 왜 그 녀석이 지휘를 하는 거야?"

"베키는 좋은 녀석."

베키의 제안에 의해,

물 긷기 담당→아냐, 다미안.

땔감 줍기&불 피우기 담당→베키, 유인, 에밀.

이런 식으로 역할을 분담했는데, 명령받는 느낌이 싫어서인지 다미안은 불만인 듯했다.

친구의 파인플레이에 아냐는 마음속으로 굿잡, 하고 중얼거렸다.

'베키 덕분에 '캠프 친구친구 대작전' 성공이 훨씬 가까워졌어.'

나머지는 캠프에 익숙한 면모를 보여 주고 다미안의 존경을 받는 것뿐.

'훗, 오늘까지 어머니와 함께 캠프 책 잔뜩 읽고 공부했지. 아냐 캠프의 달인.'

아냐가 의기양양하게 앞장서서 강으로 갔다.

나무뿌리가 불룩불룩 튀어나온 오솔길은 걷기 어려웠지만, 세계를 지키기 위해서라고 생각하면 대단한 고생도 아니다.

"야, 정말 이쪽 맞아?"

"괜찮아. 아냐 완전히 이해하고 있다."

자신만만하게 대답하고 빙글 돌아보니 물 긷는 양동이를 든 다미안이,

"뭐, 뭐냐?"

하고 따져 물었다.

"뭘 보냐고, 야."

"아냐 너와 같은 담당이 돼서 기뻐. 베키에게 감사해."

"!!"

**SPY×FAMILY**

갑자기 새빨개진 다미안이 금붕어처럼 입만 뻐끔거렸다.

"아냐 알아. 너 내신 점수 때문에 캠프 1등 되고 싶어 하잖아. 아냐 그거 도와줄게."

세계 평화를 위해, 라고 덧붙였지만 다미안의 귀에는 닿지 않았다. 그의 마음의 소리가 아냐의 머릿속에 확 밀어닥쳤다.

**'뭐… 뭐야 뭐야, 이 녀석이… 왜 갑자기 이렇게…. 그러고 보니 전에도 네게 도움이 되고 싶다느니, 네가 퇴학당하면 곤란하다느니… 서, 설마… 이 녀석.'**

다미안이 노골적으로 당황해하며 아냐를 바라보았다.

왠지 오싹 오한이 들었다.

'윽… 어쩐지 갑자기 기분이 나빠지네.'

전에도 다미안의 마음을 읽었을 때 이런 기분이 든 적이 있었다.

'등이 근질근질해.'

뭔가 말할 수 없이 꺼림칙한 기분에 당황했지만 일단 꾹 참았다.

"아냐 네 도움 되고 싶어. 그래서 캠프 공부 열심히 했어."

"너…."
아냐의 말에 다미안의 목소리가 떨렸다… 그때.

**'아니야!! 속지 마!'**

"?! 뭐?! 누구지?"
갑자기 머릿속에 울린 큰 소리에 아냐는 깜짝 놀라 몸이 굳었다.
두리번두리번 주위를 둘러보고, 그것이 다미안의 마음의 소리임을 알기까지 다소 시간이 걸렸다.
어느새 다미안의 마음이 딱딱하게 굳어 있었다.

**'유인이나 에밀도 그랬잖아. 이 녀석은 우리 아버지의 환심을 사고 싶을 뿐이라고…. 이 녀석도 어차피 다른 아첨쟁이들과 마찬가지야…. 목적은 아버지다.'**

'어? 왜 여기 차남 아버지가 나오지?'
설마 다미안의 아버지와 로이드를 만나게 하려는 작전이 들킨 걸까?

**SPY×FAMILY**

그래도 아냐처럼 초능력자가 아닌 다미안이, 아냐가 마음속으로만 생각했던 작전을 알아차릴 리는 없다.

'??'

갑작스런 변화를 따라가지 못하고 아냐는 혼자 우물쭈물했다.

이윽고 다미안은 낮은 목소리로,

"…얼른 가자니까, 못생긴 게."

그렇게 말하고 걷기 시작했다.


아냐는 눈을 동그랗게 뜨면서도 열심히 그 뒤를 따라갔다.

"야, 아직 멀었냐니까?"

"거의 다 왔을 거야."


가도 가도 강이 나오지 않자 조바심이 난 다미안이 짜증스레 물었다.

아까부터 쭉 이런 식이다.

마치 가시를 바짝 세운 고슴도치 같다.

아냐가 조금이라도 마음을 누그러뜨리려고 거대 지렁이를 보여 주니 더욱 기분이 나빠진 것 같다.

사실은 아냐 역시 너무 많이 걸어온 기분이 들기 시작했다.

눈앞에 펼쳐진 것은 끝없이 이어진 산림뿐이고, 푸릇푸릇한 나무들이 여기저기 서 있다. 강이라곤 아무 데도 보이지 않았다.

"그린 선생님이 표시해 둔 길로 들어가서 똑바로 간 다음 첫 번째 갈림길에서 왼쪽으로만 가면 되니까 지도도 필요 없을 만큼 간단하다고 했는데, 그런 게 아무것도 없잖아."

중얼거리던 다미안이 문득 새파랗게 질려서,

"…너, 왼쪽 오른쪽은 구분할 줄 아냐?"

"물론 알아."

"그럼, 왼손을 들어 봐."

"위."

아냐가 번쩍 든 손은 오른손이었다….

다미안이 "알긴 뭘 알아!" 하며 소리치고 머리를 감싼다.

"반대야! 그건 오른손이라구, 바보야!"

"!"

**SPY×FAMILY**

그제야 아냐도 의욕이 너무 앞선 나머지 왼쪽 오른쪽을 헷갈려 터무니없는 곳으로 와 버렸다는 것을 깨달았다.

　핏기가 싸아악 가신다.

　고요해진 산속에서 나무들 사이로 호오호, 하는 새 울음소리가 들린다. 묘하게 기분 나쁜 그 울음소리에 아냐가 부르르 몸을 떨었다.

　"아냐 일행 미아?"

　조심스레 물으니,

　"그래. 너 때문에."

　다미안이 퉁명스레 대답했다.

　다시 조용해졌다.

　그러자 근처의 덤불이 부스럭거리며 움직였다.


　"으악?!"

　"뭐야!"


　무심코 바짝 긴장해 있는데 덤불 속에서 복슬복슬 귀여운 긴 꼬리를 가진 다람쥐가 모습을 드러냈다. 볼 주머니에 뭔가를 잔뜩 물고 있다.

"! 다람쥐!"

"…뭐야, 다람쥐였어? 놀라게 하고 있네."

아냐가 얼굴을 빛내자, 다미안도 안도의 한숨을 쉬었다.

그리고 돌아가자며 재촉했다.

"지금이라면 그렇게 멀리 온 건 아니니까, 왔던 방향으로 다시 가면 캠프로 돌아갈 수 있을 거야."

냉정을 되찾은 듯한 다미안을 본 아냐가 "아!" 하고 소리쳤다.

어머니에게 배운, 캠프에서 길을 잃지 않는 비법을 실천에 옮겼던 것을 까먹고 있었다.

"그거라면 괜찮아. 아냐 길에 표시하면서 걸어왔어."

"와아! 잘했어!!"

웬일로 다미안이 서슴없이 아냐를 칭찬했다. 아냐의 얼굴이 활짝 밝아졌다.

"아냐 장해? 천재?"

"아니, 길을 잃은 건 네 탓이니까. …그래서? 뭘로 표시를 했는데?"

훗, 하고 의기양양하게 웃은 아냐가 체육복 주머니를 뒤져 천천히 그것을 꺼냈다.

**SPY×FAMILY**

간식으로 가져온 땅콩을 들고 뽐내는 아냐.

"간식도 되고 표시도 되고 하나로 두 가지 맛."

"……."

'어? 왜 아무 말이 없지?'

당연히,

'굉장하다, 아냐! 간식도 되고 표시도 되다니, 진짜 편리하구나!'

눈물을 머금고 칭찬을 퍼부을 줄 알았는데, 솔직히 김이 새는 기분이다.

"차남 왜 그래? 땅콩 보고 배고파?"

"너… 그거."

떨리는 목소리로 중얼거린 다미안이 조금 전의 다람쥐를 가리켰다.

아냐도 따라서 그쪽을 보니, 다람쥐가 땅에 놓인 먹이를 발견하고 꼬리를 흔들며 신나게 달려가는 참이었다.

풀 위에 떨어진 땅콩을 앞발로 들고 앞니로 갉작갉작 갉아 먹는 그 모습은 보기만 해도 흐뭇해질 만큼 귀여웠다.

그러나….

"으아아아아아아아아?!"

충격을 받은 아냐가 외치자, 소리에 놀란 다람쥐는 먹던 땅콩을 던지고 어디론가 달아나 버렸다.

아무래도 그 다람쥐는 아냐가 떨어뜨린 땅콩을 먹으며 따라왔는지, 돌아가는 길을 가르쳐 줄 표시는 아무 데도 보이지 않았다.

"어떻게 할 거야?!"

다미안이 소리쳤다.

"표시를 다 먹어 버렸잖아! 왜 하필이면 땅콩이냐고!! 이런 건 새나 짐승이 안 먹는 걸 써야지!! 이 바보야!"

"으… 으으…."

다미안의 질책에 아냐의 눈에서 눈물방울이 뚝뚝 굴러 떨어졌다.

그대로 훌쩍훌쩍 울기 시작하자 다미안은 움찔하는 얼굴로 약간 목소리를 누그러뜨렸다.

"아니… 뭐, 그렇게 복잡한 길도 아니었으니까 잘 생각하면서 가다 보면 돌아갈 수 있겠지."

자, 어서 가자, 하는 재촉에 아냐가 울면서 끄덕이자 머리에

**SPY×FAMILY**

톡, 하고 뭔가 떨어졌다.

'? 물?'

올려다보니 나무들 사이로 시커먼 먹구름에 가려진 하늘이 보였다. 어느새 주위도 어두컴컴해졌다.

"이런… 게다가 비까지 오냐."

다미안이 중얼거린 순간 후두두둑, 하고 굵은 빗방울이 떨어졌다.

그것이 점차 양동이를 엎은 듯 세찬 소나기로 바뀌었다.

빗방울이라기보다 숫제 쏟아지는 돌팔매 같다. 폭포수처럼 퍼붓는 호우에 눈조차 뜨고 있기 어려웠다.

"아바바바바…."

"야, 정신 차려!"

혼란에 빠진 아냐의 팔을 다미안이 확 붙잡았다.


"우리가 왔던 길가에 분명 작은 동굴 같은 것이 있었어. 거기까지 돌아가자." "어? 아… 어?!"


아냐의 대답을 기다리지 않고 다미안이 뛰기 시작했다.

땅이 미끄러워 몇 번인가 넘어질 뻔하면서도 두 사람은 간

신히 절벽 아래에 있는 동굴로 도망쳐 들어갔다.

◉

"한동안 여기서 비를 피하면서 빗줄기가 가늘어지길 기다리
자."

"오키도키."

아냐는 좁은 동굴 안에 다미안과 나란히 앉아 지친 목소리
로 대답했다.

머리도 체육복도 흠뻑 젖었다. 시험 삼아 손으로 짜 보니 물
걸레마냥 물이 뚝뚝 흘렀다. 신발 안도 축축해서 기분이 나빴
다.

"온몸 축축해."

"나도야. 좀 참아."

하여간, 누구 때문에 이 꼴이냐는 말에 아냐가 의기소침해
졌다.

주위는 점점 어두워지고, 비는 영원히 그치지 않을 듯 퍼붓
는다. 일단 비라도 피할 수 있는 곳에 들어와 한시름 덜었지
만, 총알처럼 땅을 헤집는 무수한 빗방울에 점점 마음이 불안

**SPY×FAMILY**

해졌다.

'아냐 일행 설마 여기서 죽어?'

무서워져서 저도 모르게 다미안 쪽으로 몸을 가까이 대자,

"달라붙지 마."

하고 노려봐 울상을 지었다.

'아버지가 옆에 있어 주면 좋은데.'

어머니가 꼭 끌어안아 준다면.

본드가 볼을 핥아 준다면….

'하지만 있는 건 차남 망할 녀석뿐. 아냐 불행해.'

시무룩해서 그런 생각을 하고 있는데 어둑어둑하던 시야가 문득 카메라 플래시를 비춘 듯 번쩍였다.

눈앞이 새하얘졌다.

아냐가 '히약' 하고 몸을 웅크렸다.

"바… 방금 뭔가 번쩍했어."

"설마…."

다미안의 얼굴도 굳어졌다.

다음 순간, 고막이 터질 정도의 천둥이 사방에 울렸다.

어찌나 소리가 큰지 귀가 먹먹할 정도였다.

그리고 하늘이 다시 번쩍였다.

"제길… 얼마나 재수가 없으면."

다미안이 배를 감쌌다.

이번 천둥은 아까보다 더 컸다. 게다가 어느 나무에 떨어졌는지, 이어서 엄청난 파열음이 뒤따랐다. 소리의 충격으로 온몸이 얼얼하다.

"으, 으으… 으앙."

무서운 나머지 굳어 있던 아냐가 더 참지 못하고 울음을 터뜨렸다. "…살려 줘 아버지 …무서워 …천둥 …무서워."

무릎을 껴안은 채 훌쩍거리는 아냐의 왼손을 뭔가가 꼭 잡았다.

"…괘, 괜찮아."

긴장된 목소리로 말했다.

자신만 한 크기의 손이 그만큼 떨고 있다.

"번개는 높은 곳에 떨어지거든… 이 근처엔 큰 나무가 많고… 여긴 머리 위에 단단한 바위가 있으니까, 거, 걱정 없어…."

"……."

아냐는 울면서, 옆에 앉은 반 친구의 옆얼굴을 올려다봤다.

그 얼굴은 종이처럼 창백했다. 가만히 보니 눈꼬리에 눈물

**SPY×FAMILY**

까지 살짝 맺혀 있다.


'만약 여기 번개가 떨어지면… 아버지… 무서워… 아니야….
나는 명문 데스몬드 가의 차남이야…. 우는 여자애 하나 못 지
켜 주면 어떡해…. 하지만 역시 무서워…. 아니, 안 돼… 겁내
지 마… 무서워하지 마…. 나는 아버지의 아들이란 말이야.'


'차남도 천둥 무섭구나.'

그래도 있는 힘껏 아냐를 지켜 주려 애쓰고 있다.

공포로 덜덜 떨리던 마음이 아주 조금 가벼워진 기분이 들
었다.

아냐가 다미안의 오른손을 꼭 마주잡자 소년은 잠시 놀란
얼굴로 이쪽을 봤다가 얼른 다시 앞을 봤다.

다시 조금 더, 다미안의 손에 힘이 들어갔다.

이제 그 손은 떨리지 않았다.

'따뜻해….'


"…배고프다."

"땅콩 있어."


**SPY×FAMILY**

"그건 필요 없어."

"아냐 포로해 먹고 싶어."

"말하지 마, 바보야. 더 배고프잖아."

"베키 분명 걱정할 거야."

"그 녀석들은 또 울고 있겠지."

"선생님 화낼지도 몰라."

"그래… 토니토도 받을지 모르지."

어두컴컴한 동굴 안에서 끊임없는 빗소리와 천둥번개에 떨면서 두런두런 대화를 나눴다.

온몸이 비에 젖어 너무너무 춥지만 어쩐지 따스했다.

잡은 손에서 전해지는 온기에, 어느새 아냐의 볼을 타고 흐르던 눈물도 말라 갔다.

"데스몬드!! 포저!!"

겨우 천둥이 멎고 비가 그쳐 두 사람이 동굴 밖으로 나가자, 얼마 후 헨더슨과 그린이 달려왔다.

"아아, 너희 무사했구나."

그린이 느긋한 얼굴로 한 팔을 든다. 반면 헨더슨은 성난 사자처럼 두 사람을 노려보고,

"마음대로 주변을 산책해서는 안 된다고 그렇게 주의를 줬는데. 데스몬드, 포저, 지금 다른 선생님들도 나눠서 너희를 찾고 계신다."

그렇게 꾸지람을 했다.

"산에서 벼락이나 호우를 가벼이 보면 안 돼. 그린 선생이 트래킹 기술로 너희를 찾아 주시지 않았으면 어쩔 뻔했나!"

"나는 해병대 출신이니까. 특수부대에 있던 시절에 맨 트래킹을 숙달했지. 하지만 그 비 때문에 너희의 흔적이 거의 쓸려 내려갔으니, 찾아낸 건 기적이었어. 너희의 행운에 감사하거라."

그린이 장난기 어린 얼굴로 웃는다.

헨더슨은 어흠, 하는 헛기침으로 동료의 농담을 지적하고,

"물론 우리 감독책임이기도 하니까. 아무리 간단한 길이었어도 중간지점에도 교사를 배치했어야 했다. 그 점에서는 미

**SPY×FAMILY**

안하게 생각하네."

그렇게 사과하고 말을 잇는다.

"좌우간 지금은 어서 캠프장으로 돌아가 몸을 말리도록. 설교는 그다음에 하겠다. 적절한 처분을 생각해야 하니까."

헨더슨이 그렇게 말하고 발길을 돌리자,

"선생님 아니야… 저기, 아닙니다!"

아냐는 당황해서 그 등에 매달렸다.

"미스 포저?"

"잘못했어요. 아냐가 길 잘못 알아서 미아 됐어요. 차남 잘못 없습니다. 벌은 아냐만 주세요. 부탁드립니다."

꾸벅 고개를 숙였다.

그러자,

"…누구 맘대로 폼을 잡고 있어, 숏다리."

그러면서 다미안이 아냐 옆에 섰다.

"저도 확인을 게을리 했습니다. 저에게도 책임이 있습니다."

헨더슨과 그린을 향해 "심려를 끼쳐 드려서 죄송합니다." 하고 고개를 숙였다.

"차남?"

아냐가 그 옆얼굴을 물끄러미 바라보자 다미안은 획 고개를

돌리고,

"…흥. 너 같은 게 감싸 주는 대로 가만히 있으면 데스몬드 가의 이름에 부끄러우니까."

그렇게 중얼거렸다.

목덜미 언저리가 조금 발그스름했다.

"자, 어떻게 하죠? 헨더슨 선생님."

그린이 어쩐지 유쾌하다는 듯 헨더슨을 봤다.

헨더슨은 잠시 말이 없었지만 이윽고 표정이 부드럽게 풀어 졌다.

"설교는 이것으로 마치겠다. 두 사람은 벌로 야간 천체관측 준비를 도울 것. 하지만 지금은 텐트로 돌아가 뜨거운 물로 샤 워를 하고, 따뜻한 옷으로 갈아입도록 하게."

그렇게 말하고 우아하게 발길을 돌렸다.

그 꼿꼿한 뒷모습에서 노교사의 마음의 소리가 들려왔다.


'집단의 규율을 어지럽히고, 또한 경솔한 행동으로 자기 생 명을 위험에 빠뜨린 것은 분명 벌을 받아야 한다. 하지만 그 후 서로를 감싸려는 모습은 참으로 아름답고 엘레강트했다. 데스몬드, 그리고 포저.'


**SPY×FAMILY**

거기에는 엄격하지만 학생들의 성장을 기뻐하는 상냥함이 깃들어 있었다.

아냐가 조심스레 물었다.

"저기, 그, 토니토는….."

"이번 일은 아까 말한 벌로 충분할 것이다. 따라서 토니토는 필요 없다. 이상."

'다행이다, 토니토 없어.'

한시름 놓은 아냐가 웃는 얼굴로 다미안을 보자, 다미안도 안도한 표정을 짓다가 바로 정신을 차린 듯이,

"뭐야, 왜 실실 웃어!"

하고 쏘아붙였다.

"너 때문에 밤까지 강제노동이잖아. 이 역병귀신아."

"……."

밉살스러울 만큼 평소와 똑같은 다미안에게 아냐의 마음속에 있던 감사의 마음이 순식간에 엷어졌다.

"역시 너 싫어."

"뭐가 어째! 이게!"

"아냐 감사의 마음 물어내. 손해 봤다."

"너 울어 볼래?! 못생긴 게!"

"망할 자식."

"어허, 언제까지 거기서 말다툼만 할 거냐. 밤까지 있을래?"

그린이 어이없다는 듯 그렇게 말하며 어깨를 으쓱하고, 절레절레 한숨을 쉬었다.

"모두 밥도 안 먹고 기다리고 있어. 얼른 무사한 모습을 보이고 안심시켜 줘야지."

결코 엄격한 어조는 아니었지만 그것이 도리어 마음을 찔렀다.

두 사람이 시무룩해지자 다시 웃는 얼굴로 돌아온 그린이 하늘을 올려다보고 말했다.

"저것 봐라, 애들아. 큰 비가 주는 선물이야."

"?"

"와아⋯."

올려다본 아냐와 다미안의 얼굴이 빛났다.

비에 말끔히 씻긴 파란 하늘.

그곳에는 눈이 부시도록 아름답고 큰 무지개가 걸려 있었

**SPY×FAMILY**

다.

◉

자택이 있는 맨션 앞 정거장, 버스에서 내린 아냐는 바로 들어가지 않고 맨션 앞길을 왔다 갔다 했다.

'결국 작전은 실패로 끝났어.'

호언장담한 만큼 면목이 없어 우물거리고 있는데,

"멈!"

하는 소리와 함께 북슬북슬한 털뭉치가 달려들었다.

"와, 본드?"

"멈."

자칫 나가떨어질 뻔한 아냐가 애견의 이름을 부르자, 본드는 아냐가 돌아온 것이 기쁜지 꼬리가 끊어져라 흔들며 날름날름 얼굴을 핥았다.

"아냐? 너 돌아왔니?"

"!"

본드를 뒤따라 달려온 로이드와 눈이 마주친다.

아무래도 아냐를 발견한 본드가 산책 도중에 목줄을 뿌리치고 달려온 모양이다.

"어서 와라, 생각보다 일찍 왔구나."

"아냐 귀환했어."

아냐가 로이드의 시선을 피하듯 대답했다.

로이드가 의아한 듯 한쪽 눈썹을 올렸다.

"왜 그래? 기운이 없는데."

"세계 끝났어."

"세계?"

"…아냐 캠프 엉망진창."

아냐가 시무룩하게 어깨를 떨군다.

"표시 다람쥐가 먹었어. 왼쪽 오른쪽도 헷갈렸어."

"?"

로이드는 무슨 뜻인지 모르겠다는 얼굴을 했지만.

"왜, 캠프가 즐겁지 않았던 거야?"

하고 물었다.

그 물음에 지난 이틀간의 추억이 아냐의 머릿속을 스쳐 갔
다.


처음 보는 나무와 꽃과 새와 벌레.


**SPY×FAMILY**

비가 갠 하늘에 걸린 무지개.

다 같이 먹은 포토푀의 맛.

다 같이 본 별이 빛나는 하늘.

베키와 과자를 먹으며 실컷 이야기하던 새하얀 텐트.


그리고 왼손에서 느낀 손의 온기….


"! 즐거웠어!!"

감정이 터져 나오듯 대답하자 로이드는 "그렇구나." 하며 단정한 얼굴의 긴장을 풀고,

"그럼, 잘됐네."

하고 부드럽게 말했다.

그 말에 아냐의 마음이 활짝 밝아졌다.

"어서 들어가자. 요르 씨가 목 빠지게 기다리고 있어."

"위."

"너를 위해 아침부터 열심히 이것저것 만들던데. 햄버그며 케이크 같은 걸."

"으… 위."

요르가 만드는 화학무기 같은 여러 요리들을 떠올리니 저도

모르게 대답이 미적지근해진다.

'어떡하지 최후의 만찬이 될지도 몰라.'

그래도 요르가 아냐를 위해 있는 힘껏 만들어 줬다면 안 먹을 수는 없다.

죽음을 각오한 딸의 표정에 로이드가 작게 웃는다.

"걱정하지 마. 나도 거들었으니까. 그보다 거의 내가 만들었거든. 요르 씨가 혼자 만든 것은 네가 좋아하는 남부 스튜뿐이야."

"신난다!"

이번에야말로 아냐는 진심으로 환성을 질렀다.

마음이 놓이니 갑자기 배가 고파졌다.

'얼른 어머니 스튜랑 아버지 햄버그를 먹고 싶어. 본드랑 TV 보고 싶어.'


"가자, 본드."

"멍!"

"아버지도 빨리 와. 아냐 배고파!!"

"너도 참 속이 다 들여다보이는 녀석이라니까."


**SPY×FAMILY**

애견을 끌고, 쓴웃음 짓는 아버지를 재촉하며 소녀는 어머니가 기다리는 집으로 힘차게 달려갔다.

SPY×FAMILY

**NOVEL MISSION : 2**

"안녕하세요, 벨먼 씨. 기분은 좀 어떠십니까?"

유리 브라이어. 20세.
어려서 부모를 여의고, 유일한 혈육인 터울이 큰누나 손에
자랐다.

"아, 감사합니다. 실례지만 이 방은 냄새가 좀 나는군요."

사랑하는 누나를 조금이라도 편히 살게 하고 싶다, 행복하
게 하고 싶다며 어릴 때부터 면학에 힘쓰고 월반을 해서 외무
성에 취직한 그는 젊은 엘리트 외교관으로 여러 나라를 바쁘
게 돌아다닌다…는 것은 어디까지나 표면적인 직책일 뿐.
유리 브라이어의 현재 근무지는 국가보안국, 줄여서 'SSS'.
계급은 소위.

"그렇군요. 아무리 환기를 해도 더러운 매국노의 퀴퀴한 냄

**SPY×FAMILY**

새가 자꾸만 풍긴단 말이죠. 대체 어디서 나는 걸까요? 네? 벨먼 씨."

　남자는 비밀경찰이었다.

　"유리, 너 마지막으로 쉰 게 언제냐?"
　"수고하십니다, 중위님. 잠이라면 3일 전에 잤으니 걱정 않으셔도 됩니다."

　심문실에서 나오는 것을 불러 세우자 젊은 부하는 웃는 얼굴로 대답했다. 장신이지만 호리호리하고 어려 보이는 그가 입으니 'SSS' 제복이 마치 학생 교복처럼 보인다.
　"저는 이 일을 더욱 열심히 해서 누나와 함께 살아갈 이 나라를 더욱 좋은 곳으로 만들고 싶습니다."
　쑥스러운 얼굴로, 싱그러운 소년처럼 꿈을 이야기한다.
　하지만 벌레 한 마리 못 죽일 것 같은 그 미소가 그의 전부는 아님을 중위는 알고 있었다.

조금 전에도, 누구의 심문에도 끄떡없었던 매국 정치가 토머스 벨먼에게 자백을 받아 냈다. 검은 장갑이 축축하게 젖어 있는 것은 매국노가 흘린 피를 빨아먹은 탓이리라. 이 남자는 이래 봬도 매우 혈기왕성하니까.

"그럼, 내일은 쉬어라. 마침 공휴일이니."

"괜찮다니까요. 원기 풀 충전입니다!"

"상관의 명령이다."

"으음."

무뚝뚝하게 명령하자 유리는 불만스럽게 투덜거렸다.

"그럴 틈이 없습니다. 한시라도 빨리 '황혼'을 체포하고 웨스탈리스의 위협에서 벗어나야죠!"

'마치 개 같군.'

가끔은 제어가 안 되는 광견 같기도 하지만 평소에는 어이없을 만큼 성실하고 근면하며, 사육주인 국가에 충실하다.

'아니….'

이 남자가 충성을 맹세하는 대상은 국가 자체가 아니라 어디까지나 '누나와 함께 살 이 나라'이긴 하지만….

'그 때문에 앞길이 창창한 미래도 포기하고 스스로 더러운 일을 선택했단 말인가….'

**SPY×FAMILY**

외교관은 오늘날 많은 학생들이 동경하는 직종이다. 되고 싶어 한다고 될 수 있는 것이 아니다. 그야말로 피땀 흘린 노력이 있었을 것이다.

그 빛나는 커리어를 쉽사리 버리고, 말하자면 햇빛이 들지 않는 음지에서 하루하루 손을 더럽히며 일하는 동생의 실상을 안다면 혼자 몸으로 동생을 키워 온 누나는 과연 어떻게 생각할까?

어쩌면 이 남자가 누나에게 진짜 직업을 숨기는 것은 그 때문일지도 모른다고 생각하다가… 얼른 그만뒀다.

모든 것은 자신의 추측일 뿐이다.

단 하나 흔들림 없는 진실이 있다면, 유리 브라이어의 모든 것은 누나의 행복, 오직 그것만을 위해 존재한다는 것.

'하여간 갸륵한 녀석이라니까.'

감상에 젖을 만큼 어리석지는 않지만 이 젊은 부하의 한결같은 신념은 높이 사고 있다.

때문에 유능한 인원이 부족하다는 이유로 과로를 시킨다… 는 어리석은 짓을 해서 능력을 소모시키고 싶지는 않았다.


"업무를 정확하고도 지체 없이 수행하려면 적절한 휴식도 필요하다. 아무튼 내일은 쉬어라. 그리고 쉬고 나면 더욱 근무에 힘쓰게."

"외람되지만….."

"그것이 국가를 위해, 나아가서는 누나의 행복을 위해서다."

"…알겠습니다."

누나를 언급하자 유리는 겨우 마지못해 따랐다.

입술을 비죽 내민 그 얼굴은 도저히 냉혹무도한 비밀경찰로 보이지 않았다.

◎

"아~ 갑자기 쉬라고 한들, 어떻게 해야 쉬는 거지?"

반쯤 억지로 휴가 명령을 받은 유리는 자기 집 침대에 드러누워 아침부터 남아도는 시간을 주체 못 하고 있었다.

침대 위에서 보이는 창밖에는 구름 한 점 없는 파란 하늘이 펼쳐져 있다.

'그리고 보니 도미니크 씨는 카밀라 씨와 여행을 간다고 했

**SPY×FAMILY**

지. 아아, 나도 오랜만에 누나랑 어디 놀러라도 갔으면… 맛있는 걸 같이 먹어도 좋고.'

머리에 떠오른 것은 사랑하는 누나 요르의 웃는 얼굴이었다.

그러자 유리의 얼굴이 흐늘흐늘 풀어졌다.

"오늘은 공휴일. 시청은 쉬겠지."

달력을 살피면서 서랍장 위에 장식한 액자를 바라보니 사진 속의 요르가 이쪽을 보며 빙그레 미소 짓는다. 그야말로 미의 여신마저 빛을 잃을 정도의 아름다움에 유리가 볼을 붉힌다.

'누나도 쉬는 날이라면 또 만나러 갈까…. 벌써 2주일이나 누나의 얼굴을 못 봤으니… 아, 하지만 공휴일이라면 병원도 쉬려나.'

그렇다면 밉살스런 로띠도 집에 있다는 얘기다. 베를린트 종합병원에 근무하는 로이드 포저는 참으로 유감스럽게 요르의 남편으로 되어 있다. 하지만 유리는 그런 사실을 결코 인정하지 않았다.

그에게 로이드는 고작 얼굴이 좀 잘생기고, 키가 좀 크고, 태도가 좀 시원시원하고 배려심이 좀 있는 의사일 뿐이며, 세상에서 가장 소중한 누나를 빼앗은 도둑일 뿐이다.

'제길, 누구 마음대로 쉬어. 휴일이든 국경일이든 황소처럼 일을 해! 그러다 과로사나 하라지!'

누나 도둑 로띠의 쓸데없이 잘생긴 얼굴이 떠올라 짜증을 부리고 있는데, 서랍장 위의 전화가 울렸다.

누구야, 이렇게 이른 아침부터… 하고 혀를 차면서도 일어난 유리가,

"네, 브라이어입니다."

무뚝뚝한 목소리로 전화를 받자 수화기 너머에서 천사처럼 아름다운 목소리가 들렸다.

[아, 유리. 나예요, 요르.]

"누누누누누나?!"

유리의 목소리 톤이 족히 한 옥타브는 튀어올랐다.

[아침 일찍부터 미안해요. 혹시 이제 일하러 나가나요?]

"아니, 오늘은 오프인데."

머뭇머뭇 유리가 대답했다. 그러자 요르의 목소리가 활짝 밝아졌다.

[정말이에요?]

"으, 응… 누나. 오늘은 출장이나 휴일출근도 없으니까 종일 비어 있어."

**SPY×FAMILY**

[다행이에요.]

요르의 기쁜 목소리에 유리의 심장이 찌잉 소리를 낸다.

'누나가, 오늘 내가 쉰다는 사실에 기뻐해 준다. 분명 누나도 내가 보고 싶었던 거야… 아아, 중위님, 감사합니다.'

조금 전까지 불평을 늘어놓던 상관에게 이제는 감사의 꽃다발이라도 보내고픈 마음으로 있자니,

[다행이다. 사실은 오늘 로이드 씨가 일 때문에 집에 안 계세요.]

요르가 더욱 기쁜 말을 해 주었다. 그 말에 유리의 마음이 활짝 밝아진다. 마치 오늘의 푸르고 맑은 하늘 같다.

[갑자기 병원에서 호출이 왔다며….]

"그렇구나, 로띠는 오늘도 일한단 말이지. 그거 최고네. 아니, 힘들겠네, 누나."

위로의 말은 건넸지만 들뜬 목소리까지 억누를 수는 없었다.

[떽, 그렇게 부르면 못써요. 로이드 씨는 유리보다 나이 많은 매형이니까, 예의 바르게 '씨'를 붙여 주겠어요?]

요르가 난처한 목소리로 유리를 나무랐다.

유리는 "응, 누나." 하고 착한 아이처럼 대답했지만 '씨'를

붙여서 부를 생각은 일절 없었다.

하물며 '매형'이라고 부를 생각은 추호도 없다.

'나는 아직 그 자식을 누나의 남편으로 인정할 수 없어. 아니, 절대 인정 못 해. 죽어도 인정 안 할 거야, 포저.'

내심 로이드에 대한 적의를 불태우고 있는데 전화 너머로 요르가 물었다.

[그래서 유리에게 부탁할 것이 좀 있는데, 지금 집으로 와 줄 수 있을까요?]

"! 알았어, 누나! 지금 당장 갈게!!"

사랑하는 누나의 부탁에 기뻐 날뛰던 유리는 입고 있던 옷 그대로 집을 뛰쳐나가더니 그 길로 누나가 기다리는 맨션으로 향했다.

그 발걸음은 마치 새털처럼 가벼웠다.

"왔어, 누나. 나 뭘 하면 돼? 높은 곳에 있는 물건을 내려 줄

**SPY×FAMILY**

까? 아니면 무거운 걸 옮겨? 아니면 이혼신청서 증인란에 사인해? 뭐든지 말만 해!"

유리가 함박웃음을 지으며 포저 가의 문을 열어젖혔다.
그러자 이제나 저제나 유리를 기다린 요르가,
"유리, 와 줬군요! 정말 고마워요."
하고 미소로 맞아 주었다.
그 웃음에 마음이 찡해지는 유리.
'아아, 누나. 오늘도 어쩜 이렇게 사랑스럽고 청초할까. 세상에서 제일 예쁘고 상냥한 누나가 있는 나는 세계 제일의 행운아일 거야.'
유리가 마음속으로 행복을 만끽하고 있자니, 그 행복을 방해하려는 듯 요르 뒤에서 작은 생물이 모습을 드러냈다.

"삼촌."
"윽, 치와와 꼬마."

아냐 포저. 밉살스런 누나 도둑이 데려온 아이다.
'지(知)는 힘이다'를 '치와와는 힘이다'로 알아들을 만큼 알

아주는 바보. 하지만 누나에게 맛있는 것을 많이 사 주기 위해 훌륭한 사람이 되고 싶다는 기특한 마음가짐은 제법 장래가 촉망된다.

그러나 어차피 그 로이드 포저가 데려온 아이.

속아 넘어가서는 안 된다.

"삼촌이라고 하지 마, 삼촌이라고. 너 학교는 안 가냐?"

"오늘은 고뉴일."

"공휴일이겠지."

하지만 듣고 보니 공휴일이니 학교가 쉬는 것은 당연하다. 맹점이었다고 유리가 내심 혀를 찬다.

**'뭐, 로피가 있는 것보다는 나으니까. 나와 누나의 시간을 방해하지 않도록 TV로 만화라도 보게 해야지. 아아, 누나. NUNA…! 누나를 위해서라면 난 뭐든지 할 거야. 아아, 누나 누나누나누나누나아아아아!!'**

"…끄윽."

어느새 가면처럼 무표정한 얼굴이 되어 있던 아냐가 작게 트림을 한다.


"넌 언제나 속이 거북하냐?"


**SPY×FAMILY**

"아냐 배불러."

'욕심쟁이 녀석. 보나마나 아침을 너무 먹었겠지. 하긴 배가 터지도록 채우고 싶어지는 마음도 알 만하지만. 누나의 요리는 일품이니까. 뭐라 말할 수 없이 향기롭고, 씹으면 씹을수록 기묘한 육즙이 흘러넘치고, 재료의 맛이 살아 있으며 가끔은 도마 조각 같은 것도 들어서 영양만점일 뿐만 아니라 치아도 튼튼해지지…. 아아, 차라리 요리 재료가 돼서 누나에게 썰리고 싶어라.'

한 차례 누나에 대한 마음을 속으로 쏟아 낸 후 유리는 요르에게 몸을 돌렸다.

"그래서? 뭐부터 하면 돼? 누나. 장보기 짐꾼도 좋고, 환풍기 청소든 빨래든 뭐든 말만 해."

"저기…."

"그래, 모처럼 날씨도 좋으니 가구배치를 바꿔 보는 건 어때? 이참에 로띠와 각방을 쓰는 것도…."

"아니, 저기 말이죠…."

잔뜩 신이 난 유리를 앞에 두고 눈꼬리가 축 처진 요르가 난처한 듯 말을 흐린다.

그런 누나도 예뻤다.

"왜 그러는데? 누나. 나랑 누나 사이잖아. 어려워 말고 뭐든지 말해."

유리가 상큼한 미소를 지으며 말하자 요르는 겨우 입을 뗐다.

"사실은… 오늘 시청에서 주최하는 이벤트가 있어요."

"응응."

"원래 밀리 씨가 나가게 되어 있었는데, 갑자기 감기에 걸려서 내가 대신 나가 줄 수 없겠냐며 아침에 전화가 왔거든요. 하지만 로이드 씨는 병원 일 때문에 도저히 빠질 수가 없고, 언제나 도와주는 프랭키 씨도 없어서…."

'윽, 프랭키? 그건 또 누구야? 처음 듣는 이름인데.'

모르는 남자 이름에 유리가 움찔 반응한다.

아이를 봐 주는 시터 같은 건가?

'성실하게 일한다면 다행이지만, 혹시 누나를 음흉한 눈으로 보는 쓰레기라면 처형해야지.'

남몰래 험악한 생각을 하고 있는데,

"이벤트는 반나절쯤 걸리는데, 아냐를 혼자 둘 수가 없어요. 유리, 내가 없는 동안 아냐와 놀아 줄 수 있을까요?"

"어…."

**SPY×FAMILY**

이야기가 뜻하지 않은 방향으로 흐르자 저도 모르게 유리가 굳어진다. 요르가 한 말을 곱씹으며 조심스레 되물었다.

"그, 그러니까 나더러 누나가 없는 이 집에서 이 치와와 즉, 로이드 포저의 딸과 함께 보내란 말이야? 누나가 없는 이 집에서?"

"네. 부탁해도 될까요?"

순간, 유리의 행복한 휴일이 와르르 무너졌다.

'이럴 수가. 모처럼 누나와 하루를 함께 보낼 수 있을 줄 알았는데… 치와와나 돌보라고? 그런 짓을 할 바엔 누나 사진에 둘러싸여 심문 교본을 읽거나 고문 공부를 하는 게 백만 배 보람차겠다!'

유리는 절망한 나머지 그 자리에서 쓰러질 것 같았다.

하지만 촉촉한 눈으로 매달리듯 바라보는 요르가,

"부탁이에요, 유리. 유리밖에 믿을 사람이 없어요."

그렇게 애원하니 세상에서 누나를 가장 사랑하는 남동생으로서는,


"나만 믿어, 누나!!"

그렇게 대답하는 것 외에는 방법이 없었다.

◉

요르가 출근한 지 30분.

유리는 포저 가 거실에 있는 소파에서 잡지를 뒤적이고 있었다.

하지만 열심히 들여다보는 것은 아니다.

조금 전,

"그럼, 다녀올게요. 되도록 일찍 돌아올 테지만 아냐, 정말 미안해요. 선물 많이 사 올게요! 유리, 아냐를 잘 좀 부탁할게요."

그 말을 남기고 일하러 가는 요르의 가련하고도 아름다운 모습이 언제까지나 못내 아쉬워 머릿속으로 끝없이 곱씹을 뿐이다.

"삼촌 심심해."

**SPY×FAMILY**

탁자 밑의 러그에서 뒹굴며 〈SPYWARS〉 책을 읽던 아냐가 다리를 파닥거린다.

유리는 잡지를 덮고 소파에서 일어서더니,

"그럼, 공부라도 할래?"

하고 묻는다.

"으… 공부…."

아냐는 노골적으로 싫은 얼굴이지만 딱히 괴롭히기 위해 한 말은 아니었다.

평소 아이를 대할 일이 없는 유리는 아이들이 좋아하는 놀이 같은 것은 상상도 못 했고, 뭣보다 자신이 어릴 때부터 공부만 했기 때문이다.

모든 것은 한시라도 빨리 더 좋은 직장에 들어가 누나를 지킬 수 있는 남자가 되기 위해서다. 저널리스트나 변호사, 의사, 기공사. 어떤 직종에도 대응할 수 있도록 모든 분야를 골고루 학습했다.

때문에 놀 시간은 없었지만 딱히 불만스럽게 생각하지는 않았다.

오히려 그렇게 길러 온 모든 지식이 지금의 자신을 이루는 토대가 되었음을 자랑스럽게 생각한다.

"자신 없는 과목을 말해 봐. 그걸 중점적으로 가르쳐 줄 테니."

"자, 자신 없는 과목 같은 거 없어. 아냐 다 자신 있어."

"멍청한 얼굴로 거짓말하지 말고. 그럼, 전 과목을 하자."

유리가 가차 없이 말하자 아냐가 '으익' 하고 밟힌 개구리 같은 소리를 냈다.

**'이 녀석이 진짜 이든 학생 맞나? 이 모양이니 누나가 얼마나 고생을 할까…. 아아, 가엾은 우리 누나. 혹 딸린 남자와 결혼 같은 걸 하는 바람에…. 그래, 내가 공부를 가르쳐 줘서 이 녀석의 머리가 조금이라도 좋아지면 어떻게 될까? 그럼, 누나는 분명 반짝이는 보석 같은 미소로 '과연 우리 유리네요' 하고 말해 주겠지. 어쩌면 어릴 때처럼 볼에 뽀뽀해 줄지도…. 아아, 누나누나누나누나누나. 사랑해. 누나. 누나보다 사랑스러운 여성을 나는 본 적이 없어….'**

거기서 볼 언저리에 싸늘한 시선을 느낀 유리가 누나에 대한 마음의 폭주를 멈췄다.

옆에 있는 아냐가 물끄러미 이쪽을 보고 있었다. 유리와 눈이 마주치자 후, 하고 무거운 한숨을 쉰다.

그것이 아무리 봐도 '나 원, 이 녀석 안 되겠네.'라는 분위기

**SPY×FAMILY**

라서 울컥했지만 어흠, 헛기침을 하고,

"자, 얼른 네 방으로 가서 공책이랑 교과서, 그리고 참고서도 가져와. 필기도구도 잊지 말고."

"아냐 오늘은 공부할 기분 아니야."

"심심하다며?"

"심심하지만 공부할 만큼 심심하진 않아."

시건방진 소리를 하는 아냐에게,

"그럼, TV라도 보고 있어."

하고 유리가 한숨을 쉰다.

싫어하는 사람을 아무리 채찍질해서 시킨들 능률은 오르지 않는다. 누나 일에는 이성을 잃어도 유리는 어디까지나 합리적이었다.

하지만 아냐는 여전히 고분고분할 줄 모르고,

"이 시간엔 애니 안 해."

"그럼, 그 뚱땡이 개처럼 낮잠이라도 자든가."

성가셔진 유리가 러그 위에서 색색 자고 있는 개를 가리켰다.

이런 것을 굳이 뭐 하러 기르는가 싶어질 만큼 게으른 개다. 이런 개가 집을 지킬 수 있을까.

"낮잠이 아니라 아예 누나가 돌아올 때까지 푸욱 자도 좋고."

"……."

그러자 아냐가 찡그린 눈으로 빤히 노려봤다. 상당히 불만스러워 보였다.

"뭐야? 뭔가 할 말이 있는 눈인데."

그렇게 말하자 아냐는 휙 돌아서서 거실을 나갔다.

아마 토라져서 자기 방에 틀어박히려나 했더니, 이내 공책과 연필을 들고 돌아왔다.

러그 위에 앉은 아냐는 테이블에 공책을 놓고 열심히 뭔가를 쓰기 시작했다. 이따금 유리를 힐끔 보고 의미심장하게 큭큭큭 웃더니, 다시 열심히 연필을 놀린다.

'뭘 적는 거지?'

손 언저리를 보니 말할 수 없이 지저분한 글씨가 늘어서 있었다. 저도 모르게 '이게 뭐야!' 하고 주춤할 정도다. 마치 지렁이가 기어가는 듯한 글씨는 적국의 암호문에 버금가게 이해 불능이다.

"뭐야, 이게…. 저주 문자인가? 기분 나쁘게."

"일기 이따가 어머니 보여 줄 거야."

**SPY×FAMILY**

그렇게 말하고 아냐가 으스스하게 웃었다.

그 웃음에 유리가 흠칫했다.

아냐에게서 공책을 빼앗아 필사적으로 해독에 힘쓴 결과….

오늘은 고뉴일이라서 삼촌이랑 집 봅니다. 삼촌은 뽀글이랑 달라서 하나도 안 놀아 줍니다. 개처럼 푸욱 잠이나 자라고 합니다. 삼촌 심술쟁이 아냐 굉장히 불행.

"으아아아아아아아아아아!!"

다 읽은 유리가 머리를 감싸고 괴로워했다. 그야말로 저주문. 즉, 저주의 편지였다.

'누나가 이런 걸 읽으면… 날 싫어할 거야!!'

'유리, 너무해요! 누난 그렇게 나쁜 아이는 싫어요.'

그렇게 말하며 고개를 홱 돌려 외면하는 누나를 상상하고 절망과 혼란으로 테이블에 머리를 쾅쾅 찧었다.

"삼촌 바이올런스…."

유리의 기행에 주춤 물러난 아냐가 침을 꿀꺽 삼켰다.

"…나가자."

유리는 머리에서 피를 흘리며 스르르 일어섰다.

"피 나."

"신경 쓰지 마."

머리를 가리키는 아냐를 곁눈질하며 나직이 명령했다.

"지금부터 밖으로 놀러 나간다. 준비해, 치와와 꼬마."

"나드리다 나드리."

"다리 파닥거리지 마. 그리고 나드리가 아니라 나들이야."

며칠이나 철야를 한 끝에 상관의 명령으로 받은 오랜만의 휴일.

그런 날 도둑남이 데려온 아이와 함께 전차를 타고 있는 자신의 처지에 유리는 한숨을 금할 수 없었다. 왜 선량한 비밀경찰로서 매일 국가에 충성을 맹세하는 내가 이런 신세여야

**SPY×FAMILY**

하는가.

가까이 앉아 있는 할머니가 들뜬 아냐를 보고 "어머, 귀엽기도 하지." 하며 눈웃음을 지었다. 귀엽긴 어디가 귀여워.

'제길, 이렇게 된 것도 다 밀리인가 하는 누나 동료 때문이야.'

누나에게 부탁받고, 누나를 돕고, 누나가 직접 만든 요리를 먹고, 누나와 이야기하는 그런 꿈같은 휴일은 그녀가 감기에 걸린 탓에 와장창 부서져 버렸다.

'애초에 정말 감기일까?'

아무리 봐도 타이밍이 너무 좋지 않은가.

만약 남을 의심할 줄 모르는 천사처럼 마음 착하고 아름다운 동료를 속여서 성가신 휴일 출근을 떠넘겨 버린 거라면 그런 여자는 즉결 처형이다. 살아 있을 가치가 없다.

'아니, 어떤 여자든 누나에게는 소중한 직장동료일지도 몰라. 역시 처형한다면 모처럼의 휴일에 자기 아이를 누나에게 떠맡기고 한가하게 일이나 하러 간 로이드 포저다. 윽… 차라리 그 남자가 스파이라면 당당히 처형할 수 있을 텐데.'

그런 생각을 하는 동안 목적지인 역에 도착했다.

아냐가 홈에 폴짝 뛰어내렸다.

"삼촌 어디 가? 놀이공원? 아냐 관람차 타고 싶어."

"기왕 논다면 교육적인 곳이 좋겠지? '스텝 워크 키즈'에 갈 거야."

그렇게 대답하자 아냐가 "스낵 위드 키스!" 하고 복창했다. 옆에서 지나가던 젊은 여성이 그 말에 풋, 하고 웃었다.

정말 어디 내놔도 부끄러운 녀석이라니까. 유리는 기운이 쭉 빠지면서도 정정해 주었다.

"스텝 워크 키즈. 전에 직장 선배가 부인과 아이를 데려갔다고 한 게 기억나서."

"어떤 곳이야? 재밌어?"

"간단히 말하면 아이들이 흥미로워 하는 분야의 직업을 모의체험하고 장래 직업을 선택하는 데 도움을 주는 곳이야. 변호사나 판사, 군인, 의사, 학자, 기술자 등등, 오스타니아에 필요한 인재 육성을 촉진하기 위해 만들어진, 정부 공인 실내형 거대 위락시설이지."

"하나도 안 간단해."

아냐가 죽은 물고기 같은 눈으로 바라봤다.

"삼촌 외계어 해."

"…즉, 여러 가지 직업놀이를 해 보고 장차 되고 싶은 걸 고르는 곳이라고."

**SPY×FAMILY**

다시 말하자 갑자기 아냐가 눈을 빛냈다. 가슴 앞에서 두 손을 꼭 잡고 흥분한 듯 하악하악 숨을 몰아쉰다.

"재밌겠다."

"그렇지? 얼른 가자."

그렇게 말하고 시설이 있는 거리로 가려는데, 왼손에 뭔가 말랑한 것이 닿았다. 아냐가 손을 잡으려 한다는 것을 알고 저도 모르게 유리는 흠칫했다.

"…뭐 하는 거야."

"놀러 갈 때 아버지 어머니는 손 잡아 줘. 뽀글이도."

"그 뽀글이는 대체 뭐냐? 아까도 말하던데."

솔직히 마음은 내키지 않았지만 만약 손을 잡아 주지 않았다가 이 녀석이 미아가 되면 누나를 볼 낯이 없으니 생각을 고치고 마지못해 손을 잡았다.

체온이 높아서인지 잡은 손은 따뜻하고 살짝 촉촉했다. 게다가 이상하게 끈적끈적했다.

'으, 더러워… 왜 손을 제대로 안 씻는 거지.'

그렇게 생각한 것도 잠시, 그 작은 크기에 놀랐다.

"너 몇 살이냐?"

"아냐 여섯 살."

"그래?"

유리의 눈이 가늘어진다.

이 손은 또래 아이들보다 작은 걸까, 아니면 큰 걸까. 여섯 살 아이의 손이 대체 어느 정도 되는지 유리는 가늠할 수 없었다.

'…그러고 보니 누나도 곧잘 이렇게 손을 잡아 줬지.'

물론 어린 자신의 손은 과자로 끈적끈적한 적이 없었지만….

"삼촌 몇 분 더 가?"

"10분 정도."

"두근두근."

"한눈팔지 마. 앞을 똑바로 보라고."

까탈스레 주의를 주지만 유리의 보폭이 모르는 사이에 어린 아이에 맞추어 작아지고 있다는 것을 눈치채지 못했다.

◎

"스텝 워크 키즈에 잘 오셨습니다!"

**SPY×FAMILY**

"이곳은 여러 가지 직업을 배울 수 있는 거리입니다. 마음껏 놀고 마음껏 체험하며 장래에 되고 싶은 것을 찾아보세요."

"잘 다녀오세요."


상냥한 직원들의 미소로 환영받으며 두 사람이 발을 들여놓은 곳은 상상했던 것보다 훨씬 넓고, 잘 꾸며 놓은 어린이들의 도시였다.

진짜보다는 훨씬 작지만 소방서나 병원, 법원, 도서관, 신문사, 우체국, 은행, 출판사, 과학기술연구소 등을 정교하면서도 귀엽게 꾸며 놓았다. 바닥에는 보도블록이 깔렸고 신호등이나 횡단보도가 있으며 작은 버스까지 다닌다.

손님의 대부분은 대개 부모와 아이들인데, 하나같이 부모가 묘하게 피곤해 보였다. 개중에는 걸어다니는 시체 같은 어머니나, 길가 벤치에 조형물처럼 앉아 있는 아버지의 모습도 보였다.


"아빠! 얼른 얼른! 나 이번엔 패션모델 할래!!"

"어… 저긴 아빠는 좀 부끄러운데…. 아빤 뚱뚱하잖아. 요즘 배도 많이 나왔고. 기왕이면 제과점으로 하자."

"아냐, 아냐!! 저기는 꼭 가야 돼!!"

아냐보다 조금 커 보이는 소녀가 떨떠름해하는 아버지를 억지로 끌고 가는 것을 보고,

'왜 뚱뚱하면 부끄럽다는 거지?'

어차피 체험하는 사람은 딸인데 댁이 배가 나오든 말든 상관없지 않나? 하고 유리가 눈살을 찌푸렸다.

압도당했는지, 아냐는 쭉 입만 벌리고 있었다.

"여기 아냐 집 몇 개?"

"응? 이 시설 면적을 너희 집의 넓이로 대략 나누면⋯ 뭐, 대강 80개 정도는 들어가겠군."

"파, 팔십 개나⋯."

아냐가 침을 꿀꺽 삼킨다.

"그래서? 먼저 어디부터 가고 싶냐? 판사, 과학자, 은행원⋯ 이 정도가 견실하겠군."

유리가 입구에서 받은 팸플릿을 훑어보며 추천하는 직업을 고른다. 모두 그가 옛날에 되고자 했던 것이다.

"검사나 변호사도 좋고."

"안 보여. 삼촌 숙여 줘."

**SPY×FAMILY**

키가 작은 아냐가 폴짝폴짝 뛰며 소리친다.

"너도 입구에서 받았잖아."

그러자,

"아참."

하고 작은 크로스백에서 꼬깃꼬깃 접은 팸플릿을 꺼냈다.

"어때? 저널리스트도 놓치긴 아깝고, 네가 체력만 된다면 군인도 나쁘지 않을 텐데."

"아냐 여기 가고 싶어."

아냐가 자기 팸플릿을 가리켰다. 어디, 하고 위에서 들여다 본 유리의 얼굴이 무심코 굳어졌다.

"아냐 어제 형사 애니 봤어."

"……."

"형사 돼서 위에서 뛰어내려서 나쁜 놈 해치울 거야."

씨익씨익 코를 울리며 아냐가 포부를 말한다.

"그리고 돼지우리에 처넣어 썩은 콩밥을 먹일 거야."

"…너, 누나 앞에선 그 말 하지 마라."

제발 부탁이다, 하고 유리가 중얼거렸다.


그는 벌써 이 치와와 꼬마를 여기 데려온 것을 후회하기 시작했다.

◉

"어서 오세요. 이곳 경찰서 부스에서는 경찰관이 하는 일을
체험할 수 있습니다."

경찰서에 들어가자 안내를 맡은 젊은 여성이 빙그레 미소
지었다. 직원들 모두 경찰관 제복과 비슷한 의상을 입고 있다.

체험을 마친 듯한 아버지와 아들이 흥분한 얼굴로 유리 일
행 옆을 지나갔다.

"나 처음으로 총 쏴 봤다? 헤헤… 물론 백발백중! 굉장하
지?!"

아들이 아냐를 향해 자랑스레 말했다. 젊은 아버지가 "이 녀
석이. 얼른 가야지. 방해해서 죄송합니다." 하고 아들을 재촉
하며 유리를 향해 꾸벅 고개를 숙였다. 유리도 반사적으로 "아
닙니다." 하고 고개를 숙였다.

"이번엔 의사 할 거야!"

**SPY×FAMILY**

"어… 아빠 휴일에도 가운 입어야 돼?"

"괜찮아! 얼른 얼른!"

"휴일에는 다른 일을 하게 해 주라."


멀어지는 아버지와 아들에게서 들리는 대화에,

'? 뭐지? 아까부터?'

유리의 궁금증이 커져 가는데,

"총… 본드맨."

옆에 선 아냐의 묘하게 뜨거운 중얼거림이 들려왔다.

내려다보니 아냐의 눈이 수상하게 반짝인다.

"잔탄수 팔분의 이."

안 어울리게 근엄한 얼굴로 알 수 없는 말을 한다.

그 눈의 이상한 빛에 유리는,

'이 녀석한테 총을 쥐어 주면 안 되겠다.'

하고 본능적으로 깨달았다.

"지금 이용하실 수 있는 곳은…."

진행표 같은 것을 훑어보던 여성이 고개를 들었다.

"취조실이 비었군요. 진행요원을 상대로 모의 취조 체험을 하실 수 있는데 어떠세요?"

"그럼, 그걸로 부탁합니다."

잘 듣지도 않고 유리가 대답했다. 좌우간 사격만은 저지해야 한다.

아냐가 유리의 재킷 소매를 잡아끌면서,

"아냐 총 쏘고 싶어! 본드맨 할래!!"

끊임없이 호소하지만 못 들은 것으로 했다.

"그럼, 이쪽에서 제복으로 갈아입으세요."

"자, 다녀와."

유리가 아냐의 등을 밀자,

"아뇨, 오빠분도 같이 갈아입으시는 거예요."

여성이 정중하게 일렀다.

"아니, 난 이 녀석의 오빠가⋯."

"오빠 아니야 삼촌."

"어머, 젊어 보이셔서 저는 또 오빠신 줄 알고⋯."

여성은 놀란 얼굴로 유리를 보더니,

"대단히 실례했습니다. 그러면 삼촌분께서도 같이 이쪽으로 가시죠."

예의 바르게 다시 말했다.

'으⋯ 삼촌이라는 말을 격하게 정정하고 싶지만 여기서 삼촌

**SPY×FAMILY**

이 아니라고 했다간 아주 성가신 일이 일어날 것 같군.'

세상이 워낙 흉흉하다 보니, 자칫하면 수상한 사람이라며 신고당할지도 모른다. 그랬다간 비밀경찰이라는 이름이 부끄럽다.

'하는 수 없지.'

속으로 이를 갈았지만 바로 마음을 돌리고,

"아뇨, 체험은 이 녀석 혼자 할 겁니다."

일단은 '삼촌'이 되기로 했다.

원래 연기는 그의 장기다.

"저는 여기서 기다리겠습니다. 언니들 말 잘 듣고 착하게 다녀와야 한다?"

사뭇 귀여운 조카라는 듯 웃는 얼굴을 보이자 가자미눈을 한 아냐가,

"삼촌 징그러."

하고 중얼거렸다.

"웃는 얼굴 가짜 같아."

그 되바라진 태도에 울컥했지만 이것도 못 들은 것으로 했다.

그러나 여성은 다른 직원과 얼굴을 마주 보고,

"저, 대단히 죄송하지만 보호자분도 어린이와 같은 눈높이

에서 직업 체험을 하시는 것이 저희 시설의 취지라서….”

“네에?”

“어린이와 감동을 공유하면서 어린이의 의욕과 노동의 기쁨을 고취하는 것이 목적이기 때문에, 이 규정을 거부하는 손님은 본 시설을 이용하실 수 없습니다.”

정중하면서도, 교육이 목적인 시설답게 강한 소신이 느껴지는 말투였다.

‘대체 뭐야, 그 이상한 규정은… 다 큰 어른이 직업체험 놀이를 해서 뭐 하는데? 그게 어떻게 아이의 의욕을 고취시킨다는 거지?’

솔직히 이해하기 어렵다.

하지만 듣고 보니 아까부터 보이던 이상하게 피로에 지쳐 보이는 부모들이나,

‘어… 저긴 아빠는 좀 부끄러운데…. 아빠 뚱뚱하잖아. 요즘 배도 많이 나왔고. 기왕이면 제과점으로 하자.’

‘어… 아빠 휴일에도 가운 입어야 돼? 휴일에는 다른 일을 하게 해 주라.’

그 알 수 없던 아버지들의 말이 한방에 이해됐다.

'그래서 다들 그렇게 지쳐 있었구나.'

진작 눈치를 챘어야… 아니, 오기 전에 조사를 해 뒀어야 했다.

'윽… 이럴 줄 알았으면 뚱보 개를 깨워서 공원에나 가는 게 훨씬 편했을 텐데.'

뼈저리도록 후회됐지만 이미 엎질러진 물이다.

**'어떻게 하지? 지금이라도 나가서 다른 곳으로 갈까? 하지만 이 녀석이….'**

유리가 힐끔 옆에 선 아냐를 본다.

소녀의 원망스러운 눈은,

'지금 돌아가면 그림일기에 써서 어머니 보여 줄 거야.'

라고 열렬히 말하고 있었다.

뿐만 아니라 크로스백을 열어서 빈틈없이 챙겨 온 저주의 편지를 슬쩍 보여 주는 것이 아닌가.

이것은 이미 명백한 협박이다.


"어떻게 하시겠어요? 혹시 본 시설의 규정에 따르시겠다면 저쪽 탈의실에서 옷을 갈아입으시면 됩니다. 아니면 퇴장하시겠습니까?"

다시 미소 짓는 여성의 말에 'SSS'의 젊은 국원은 크나큰 굴욕을 느끼면서도,
"…아뇨, 갈아입겠습니다."
하고 대답하는 수밖에 없었다.

'제길… 왜 내가 이 소꿉놀이 같은 짓을 해야 하는 거지.'

쓸데없이 리얼한 취조실에는 무기질적인 의자와 책상이 있고, 용의자 역을 맡은 사람이 퉁명스러운 표정으로 앉아 있었다.
손님은 용의자가 한 일을 듣고, 끈질기게 죄를 부인하는 남자, 혹은 여자를 취조해서 자백을 받아 내면 체험이 끝난다. 용의자의 죄는 매번 달라지는 모양이지만 대본은 없고 모두 애드리브라고 한다.
용의자 역은 배우가 부업으로 하는 경우가 많아서 연기가

**SPY×FAMILY**

철저하지만, 상대가 어린이라서 악당임을 알아보기 쉬운 모습을 하고 있다.

지금 눈앞에 있는 남자도 온통 검은 옷을 입고, 눈만 내놓은 검은 복면까지 그럴듯하게 쓰고 있었다.

'아니, 복면은 보통 벗기지 않나? 언제까지 이걸 쓰고 있는 거야?'

디테일에 공을 들인 반면 왜 그런 곳은 묘하게 어설픈지. 기본적으로 진지한 성격인 유리는 조금 짜증이 났다.

한편 제복으로 갈아입은 아냐는 명백한 악당을 앞에 두고 의욕이 끓어올랐다.

"우선 포저 경찰관의 취조가 있겠습니다."

"위."

지명을 받고 씩씩하게 대답했다. 유리는 조서 기록담당 역할로, 방구석에 놓인 딱딱한 철제 의자에 앉았다.

입구의 직원과는 또 다른 여성이 용의자의 혐의점을 설명한다.

"저 사람은 여러 사람들의 집에 몰래 들어가 돈과 보석을 훔친 나쁜 사람입니다. 하지만 죄를 인정하지 않네요. 포저 경찰관이 심문해서 죄를 시인하게 해 주세요."

"오키도키."

아냐는 거수경례 자세를 취하고, 용의자 쪽으로 빙글 돌더니 훗, 하고 차가운 미소를 지었다.

'뭐야, 그 얼굴은.'

유리가 속으로 지적하는데, 아냐는 묘하게 거만한 태도로 취조용 의자에 앉아,

"…또 너냐 잭. 하여간 너도 지칠 줄을 모르는군."

그렇게 중얼거렸다.

'뭘 뜬금없이 재범이란 설정으로 시작하지? 그보다 잭이 누군데.'

"으슬으슬하다 했더니 벌써 겨울인가."

아무래도 계절까지 마음대로 정한 모양이다.

아냐는 천천히 자리에서 일어나, 느린 걸음으로 창문으로 향했다. 블라인드 너머로 창밖을 보더니,

"네 고향은 아마 북쪽이었지?"

하고 말했다.

"이제 눈이 올 때가 됐으려나."

"…흥, 고향 이야기를 하면 내가 마음 약해질 것 같아?"

용의자가 자조하듯 웃었다.

**SPY×FAMILY**

"그렇게 생각했다면 오산이야. 나는 고향을 버린 몸이다. 아버지 어머니도 오래전에 죽었어. 이제 와서 거기 내가 있을 곳은 없어."

손님이 만든 밑도 끝도 없는 설정을 착착 받아 주는 것이 확실히 프로다. 더구나 연기가 상당히 능숙하다.

그런 만큼 둘 사이에 있는 위화감이 더욱 컸다.

"이제 그만 버티고 불어, 존!"

야냐는 자신이 생각하는 근엄한 낮은 목소리로 일갈한다.

그러나 아쉽게도 이름이 틀렸다.

'그 녀석 이름은 잭이잖아! 자기 마음대로 붙인 이름 정도는 기억을 해!'

유리가 마음속으로 외쳤다.

"마가렛은 어떻게 하려고."

또 알 수 없는 이름이 튀어나온다.

그러나 용의자는 흠칫하는 얼굴로 아냐를 바라본다.

아냐가 창문에서 시선을 떼고 용의자를 돌아본다.

"마가렛은 아직 너를 기다리고 있다."

"……."

"죗값을 치르고 고향으로 돌아가라. 그리고 이번에야말로

**SPY×FAMILY**

마가렛을 행복하게 해 줘야지."

아냐가 그렇게 말하자 용의자가 으허헝, 하고 철제 책상 위에 엎드려 울음을 터뜨렸다.

그리고,

"제, 제가… 했습니다."

그렇게 자백했다.

아냐는 용의자에게 다가가 어깨를 툭툭 두드리며,

"덮밥 먹겠나?"

완전히 몰입한 말투로 가만히 속삭이는 것이었다.


'뭐… 뭐였지. 방금 그건… 뭐였냐고.'

유리가 어안이 벙벙해 있으니,

"훌륭해요! 상대의 양심에 깊이 호소하는 탁월한 취조였습니다! 완벽해요!!"

여성 직원이 크게 손뼉을 치며 야단스레 아냐를 칭찬했다. 지금까지 잭 또는 존 역이었던 배우도 함께 손뼉을 쳤다.

"훌륭하게 심문을 마친 포저 경찰관에게는 취조 체험 완료 배지를 증정합니다."

"만세! 배지다!"

금색으로 반짝이는 배지를 받은 아냐는 아이답게 얼굴을 빛내며 기뻐했다. 목소리도 원래대로 돌아와 있었다.

"아냐 잘했어?"

"네, 아주 훌륭했어요."

"나도 마지막엔 진짜 울 뻔했어, 대단한데 아가씨?"

두 사람이 번갈아 칭찬하자 아냐는 의기양양한 얼굴을 했다.

"이거 장차 대단한 형사가 되겠는걸?"

"후훗, 아냐 생각해 볼 수도 있어."

싫지 않은 표정으로 보아 아이가 하는 일을 완전 긍정한다는 그들의 방침이 영 틀리진 않은 모양이다.

그러나.

'아니… 이런 취조로 자백하는 범인이 있을 리 없잖아.'

이렇게 어설픈 촌극으로 모두가 마음을 돌린다면 경찰도 비밀경찰도 필요 없을 것이다.

'괜찮은 건가? 이런 식으로 정말 장차 오스타니아를 짊어질 인재를 길러 낼 수 있나…?'

유리 혼자 소외된 듯 생각에 잠겨 있는데 이번에는 용의자가 바뀌었다. 조금 전의 남자보다 젊고 경박해 보이며 곱상하

**SPY×FAMILY**

게 생긴 남자다.

"그럼, 이번에는 브라이어 경찰관이 체험을 하겠습니다. 브라이어 경찰관은 이쪽으로 오세요. 포저 경찰관은 여기 기록 담당 자리에 앉으세요."

"힘내 삼촌."

"…그래."

유리는 할 수 없이 일어나서 설명을 듣기 위해 여성 직원에게 갔다.

물론 본격적으로 할 생각은 없다.

'뭐, 그렇게 어설픈 심문으로도 통과됐으니 대충 하면 되겠지.'

그런 식으로 가볍게 생각했지만.


"브라이어 경찰관은 여러 차례 아내를 폭행한 혐의로 체포된 남성을 자백시키셔야 합니다. 용의자는 아내가 요리를 못한다며 때리고 차는 폭행을 저질렀고, 아내는 코뼈가 부러지는 등 전치 2주의…."

"……."

직원의 설명을 들은 순간 머릿속에서 찰칵, 하고 스위치 켜지는 소리가 들렸다.

말없이 빙글 몸을 돌렸다.

"저, 브라이어 경찰관? 아직 설명이…."

끝나지 않았다며 당황하는 직원에게,

"아뇨, 그 정도면 됐습니다."

하고 가벼이 응수하고 용의자 앞의 의자에 앉았다.

"…안녕하세요. 취조를 맡은 브라이어입니다."

빙그레 웃은 유리가 긴 앞머리 너머로 용의자를 쏘아본다.

그 눈에는 용의자의 화려하고 경박한 얼굴이 밉살스런 로이드 포저로 보였다.

'아내를 때렸다고…? 이유가, 아내가 요리를 못해서라고?'

아무도 모르게 악문 이가 뿌득, 하고 둔한 소리를 냈다.

끓어오르는 분노와 증오를 미소 뒤에 감춘 유리가 아이를 어르는 목소리로 "그러시면 안 되죠." 하고 말한다.

"부인을 때리면 어떡합니까."

그러자 용의자가 헤실헤실 웃었다.

"에이, 형사님. 제가 언제 아내를 때렸다고 그래요? 걔가 혼자 넘어져서 다친 걸 가지고."

**SPY×FAMILY**

"…즉, 본인은 잘못이 없다고요?"

입가에는 웃음기를 남긴 채 유리의 두 눈만 스윽 가늘어진다.

"네. 저는 피해자라구요, 오히려."

애초에 사람이 미련해서 요리에 시간을 너무 뺏기는 게 잘못이다. 맨날 맨날 똑같은 음식만 만드는 게 잘못이라며 아내를 노골적으로 매도한다.

유리는 여전히 입가에 미소를 지은 채,

"…그럼."

하고 철제 책상 위로 몸을 내밀더니, 용의자인 남자의 측두부를 움켜쥐었다.


"제가 당신의 이를 몽땅 부러뜨리고, 코를 분쇄하고 턱뼈를 쪼개 버려도 당신이 혼자 넘어진 거겠군요? 저는 오히려 피해자고요."

"네에?!"


얼굴은 한없이 밝게 웃으며 살벌한 말을 하는 유리에게 용의자 역인 남자가 움찔한다. 그 얼굴을 바짝 들이대고 들여다

보는 유리의 얼굴에서 웃음기가 스르르 빠져나갔다.

"…너는 아내를 때렸다."

얼음 같은 목소리로 선언했다.

"아무 잘못도 없는 선량하고 저항할 줄 모르는 아내를 때렸다. 그 행위는 만 번 죽어 마땅해. 따라서 내가 이 손으로 처형하겠다. 재판은 없다. 즉결처형이다."

"!!"

"죽음으로 아내에게 죗값을 치러라."

용의자의 머리에서 뗀 손을 그 목으로 뻗자,

"히이이익!!"

예상을 벗어난 유리의 태도에 공포를 느낀 용의자가 새파래진 얼굴로 덜덜 떨며, 잘 돌아가지 않는 혀로 열심히 빌기 시작했다.


"죄, 죄송합니다!! 다다다다다신 안 그럴게요!! 두 번 다시는 아내를 때리지 않겠습니다!! 아니, 이건 다 연기예요! 전 결혼도 안 했다구요! 독신입니다!! 여자친구도 없어요!! 진짜 죄송합니다!! 살려 주세요!!"

'헉!'

**SPY×FAMILY**

연기조차 잊고 울며 소리치는 용의자, 아니, 용의자 역의 배우를 보고 겨우 이성을 되찾은 유리가 황급히 그에게서 떨어졌다.

"아… 저기, 저야말로 죄송합니다…. 그만 역할에 너무 몰입했는지…."

필사적으로 무마하려 하지만 용의자 역 남자는 겁먹은 얼굴로 유리를 보기만 할 뿐, 아무 말이 없었다. 여성 직원도 말을 잃은 듯 그 자리에 굳었다.

침묵만 흐르는 실내의 공기에 이번에는 유리가 창백해질 차례였다.

'내가 뭘 하는 거야. 대강 시늉만 하고 넘기려 했는데….'

혹시 아냐가 누나에게 이 이야기를 했다간….

누나는 변해 버린 동생의 모습을 한탄하며 슬퍼하겠지.

그것만이 아니다.

'최악의 경우 누나에게 내가 외교관이 아니라 비밀경찰이라는 걸 들킬지도 몰라.'

만약 그렇게 되기라도 한다면 그 상냥하고 티 없이 맑은 누나가 얼마나 충격을 받을까….

'아아, 내가 무슨 짓을 한 거람… 이것도 다 로띠 때문이야. 그 자식의 얼굴이 머리에 떠오르는 바람에… 으… 로이드 포저, 용서할 수 없다.'

유리가 내심 책임을 엉뚱한 로이드에게 전가하고 있자니,

"삼촌 멋있다…."

"? 뭐?"

떨리는 목소리로 아냐가 중얼거리고 있었다.

조심조심 방구석에 앉은 아냐를 돌아보니, 아냐는 일찍이 본 적 없는 존경 어린 시선을 이쪽으로 보내는 중이었다. 홍조를 띤 볼에, 커다란 두 눈이 별처럼 반짝반짝 빛난다.

"취조 천재."

"아니, 딱히…."

**'본업이니까 천재고 자시고도 아니야.'** 하고 마음속으로 중얼거리는데 흥분해서 콧김을 뿜던 아냐가,

"과연 본…."

하려다 부자연스럽게 말을 끊었다. 그리고,

**SPY×FAMILY**

"…과연 본 책이 많은 어른."

하며 알쏭달쏭한 칭찬을 한다.

그러자 지금까지 얼어붙은 듯 굳어 있던 두 직원도 일제히 열렬한 박수를 치기 시작했다. 감격에 겨운 듯이.

"너무 박진감이 넘쳐서 살짝 겁먹을 정도로 리얼하셨어요! 현장감이 장난 아니던데요!"

"진짜 배우에 한번 도전해 보는 건 어때요?! 얼굴도 잘생겼겠다, 진지하게 해 보면 대성할 겁니다!! 제가 보증할게요!! 진짜 얼마나 무섭던지!!"

"아… 어… 아니, 그렇게는…."

"아니, 진짜 대단했어요!! 정말로 형사 아닌가 싶을 만큼 박력 있던데요!!"

"혹시 생각 있으면 기획사를 소개할 테니까 지금이라도 시작해 보지 않을래요?! 분명 굉장한 배우가 될 수 있을 겁니다."

"아니 저… 아하하."


본업이니 당연하다. 연기도 뭣도 아니다. 정말 1밀리도 연기라는 생각은 없었다. 있었던 것은 로이드 포저를 향한 증오뿐이다.

하지만 이렇게 아낌없는 칭찬을 받으면 기분 나쁘지만은 않은 것이 인지상정. 더구나 유리는 아직 한창 젊은 스무 살이고, 그래 봬도 의외로 단순한 데가 있다.

완전히 기분이 좋아진 그는,

"좋아, 다음 체험으로 가자!"
"위!"

아냐를 데리고 의기양양하게 다음 체험장으로 향했다.

"삼촌 아냐 배고파."
"그러고 보니, 저녁때가 다 됐는데 아무것도 안 먹었구나."
"배랑 등 찰싹 붙을 것 같아."
"그럼, 푸드 코트에서 핫도그라도 먹을까?"

그 후 연속으로 신문기자, 소방관, 판사, 검사, 군인, 조각가, 의사, 철도 기사 등 다종다양한 직종에 도전한 두 사람은

**SPY×FAMILY**

점심 먹는 것도 까맣게 잊고 있었다.

실내지만 오픈 테라스 풍으로 꾸민 카페의 둥근 테이블에서 핫도그와 주스와 커피로 늦은 점심을 먹고 있으니 갑자기 피로가 몰려왔다.

아냐는 핫도그를 먹으면서 금방이라도 잠들어 버릴 것 같았다.

주위 손님들도 다들 피곤한 기색이고, 어쩐지 수도 많이 줄어든 듯했다.

"그래서? 너는 뭐가 제일 마음에 들었어?"

커피를 마시며 유리가 물었다.

"음~"

아냐가 두 다리를 달랑달랑 거리며 천장을 올려다본다. 시설 천장에는 파란 하늘과 구름이 그려져 있다.

아냐는 후우, 하고 권태로운 한숨을 쉬었다.

"오늘 하루 일 너무 했어. 어쩐지 놀고 먹으며 살고 싶은 기분."

"?! 뭐… 푸압."

생각지도 못한 대답에 유리가 마시던 커피를 뿜을 뻔했다가 세차게 기침을 했다.

"아냐 구름이 되고 싶어."

"......"

"새도 좋아."

오늘 하루의 그 모든 노력이 물거품으로 변해 사라지는 소리가 들렸다.

'윽… 이게 무슨 시간낭비야….'

그도 그렇지만, 누나에게 뭐라고 말하면 좋을까.

'왜 거기서 그렇게 되는 거야! 변호사든 경찰관이든 좋으니까 백수 외에 다른 걸 고르라고!'

유리가 괴로워하고 있는데 아냐가 먹던 핫도그를 접시에 내려놓고, 크로스백을 뒤적이더니 테이블에 팸플릿을 펼쳤다.

"아냐 마지막에 여기 가고 싶어."

가리키는 아냐.

"뭐? 넌 어차피 구름이 될 거라며."

화풀이라도 할 요량으로 비아냥거리니,

"삼촌, 인간은 구름 될 수 없어."

하며 사뭇 딱하다는 듯 바라봐 다시 울컥했다. 평소에는 바보 멍청이 같으면서 왜 이럴 때만 옳은 소리를 할까. 아이들은 다 그런가. 아니면 이 꼬마만 그런 걸까.

**SPY×FAMILY**

"어느 거?"

일단 확인해 보니 아냐가 가리키는 것은 시설 구석진 곳에 있는 액세서리 공방이었다. 브로치나 목걸이, 귀걸이 같은 액세서리 디자인을 본인이 생각하고, 실제로 만드는 부스다.

솔직히 뜻밖이었다.

"너도 그렇게 멋을 부릴 줄 알아?"

"아냐 멋쟁이."

하지만 이제 시간이 얼마 없다. 편지를 써 두고 나왔지만 만에 하나라도 누나에게 걱정을 끼쳐서는 안 된다.

"좀 있으면 누나가 돌아올 시간이니까 그만 가자."

그렇게 말하니 아냐는 너무나도 알기 쉽게 풀이 죽어 버렸다. 어깨까지 푸욱 떨군다.


"어머니한테 선물 만들어 주려고 했는데."

"어…."


놀란 유리가 눈앞의 소녀를 본다.

"오늘 어머니 고뉴일이라서 아냐랑 많이 놀아 준다고 했어. 하지만 일 때문에 못 놀게 돼서 미안하다고, 어머니 잘못 아닌데 힘없어서 가엾어."

"……."

서툴지만 열심히 설명하는 그 말에 유리의 가슴에 익숙한 아픔이 떠올랐다.

그것은 분명 오래전 자신이 같은 마음으로 누나를 생각한 적이 있기 때문일 것이다.

'일 때문에 바빠서 좀처럼 같이 있어 주지 못해 미안해요. 언제나 유리를 쓸쓸하게 해 버리네요.'

사과할 때마다 마음이 짠해 견딜 수 없었다.

"그래서 일 열심히 한 어머니한테 예쁜 벌레 브로치 만들어 주려고 생각했어."

"…벌레는 안 돼."

유리가 나직이 중얼거렸다.

"누나는 벌레 질색이라구. 그러니까 다른 걸로 해."

"? 하지만 삼촌 이제 시간 없다고…."

"그러니까 빨리 먹고 빨리 만들러 가자."

"워."

**SPY×FAMILY**

아냐의 얼굴이 빛났다.

남은 핫도그를 얼른 먹어치우고 의자에서 팔짝 뛰어내린다.


"아냐 벌레는 그만두고 꽃 브로치 할래."

"꽃은 안 돼. 내가 누나한테 꽃 코사지가 달린 헤어밴드를 만들어 줄 거야."

"삼촌 방약무인."

"바보면서 희한한 말은 안다니까, 너도 참."


그런 말을 나누며 공방으로 향했다.

유리는 작은 손을 잡아 끄는 자신의 모습을 역시나 깨닫지 못했다.

"…이제 슬슬 돌아올 때가 됐을까?"


요르는 슈퍼에서 사 온 샐러드와 사과 로스트, 송아지고기 슈니첼을 식탁에 차려 놓으며 벽에 걸린 시계를 보았다.

되도록 일찍 돌아올 생각이었지만 너무 늦어져서 부랴부랴 달려온 것이 지금부터 15분 전. 하지만 아냐와 유리의 모습은 없었고, 거실 탁자 위에 '스텝 워크 키즈에 데리고 갔다 올게'라는 편지가 놓여 있었다.

스텝 워크 키즈라면 동료인 기혼자 샤론도 이야기하던, 어린이들에게 인기 있는 놀이시설이다.

'당연히 집에 있는 줄만 알았지 뭐예요.'

어린 줄만 알았던 유리가 아냐를 데리고 나가서 놀아 주었다고 생각하니 어쩐지 마음이 뿌듯해진다.

본드에게도 외출하기 전에 물과 사료를 넉넉히 주고 간 모양이다.

결혼 같은 건 인정 못 한다며 그렇게 완강히 말하더니.

막상 부탁하면 이렇게 살뜰히 챙겨 준다.

'유리는 정말 상냥한 아이라니까요.'

성질이 급하고 편집적인 면도 있지만 속마음은 무척 착한 아이라고 미소 지으며, 요르는 아냐가 좋아하는 땅콩이 많이 든 초콜릿 케이크와, 유리가 좋아할 만한 와인을 식탁에 곁들였다.

로이드는 밤늦게나 돌아온다고 했으니 두 사람이 돌아오면 저녁식사를 시작해야지.

"후후후. 로이드 씨의 요리만큼은 못하지만 맛있어 보이네요."

시간이 없어서 손수 준비를 못 한 것이 아쉽지만, 두 사람이 돌아오기를 기다리는 동안 수프는 만들 수 있었다. 처음 도전하는 차가운 감자수프는 본인이 생각하기에도 제법 잘 된 듯하다.

조금 이상한 냄새가 나긴 해도, 아마 향신료 때문이겠지.

"얼른 둘이 돌아오면 좋겠네요. 그렇죠? 본드."

"멍."

본드가 요르의 말에 대답하듯 짖었다.

"내가 만든 수프를 좋아해 줄까? 깜박하고 양파를 넣는 바람에 본드에게 맛보여 줄 수 없는 게 아쉬워요."

"머, 멍….."

왠지 본드가 슬금슬금 물러난다. 그리고 귀를 쫑긋하더니 기쁜 듯 "멍멍!" 하고, 꼬리를 흔들며 현관으로 갔다.

아무래도 기다리는 사람이 돌아온 모양이다.


"아냐 천재. 꽃 브로치 너무 멋져."

"그렇게 치면 천재는 나지. 이 헤어밴드 귀여운 것 좀 봐. 한 떨기 꽃 같은 누나에게 딱 어울려."

"어머니 아냐 거 울면서 기뻐해."

"윽, 뻔뻔한 녀석. 누나는 내 헤어밴드야말로 눈물 흘리며 기뻐할걸."

"승부다 삼촌."

"얼마든지, 치와와 꼬마. 그리고 삼촌이라고 하지 마."

"삼촌은 삼촌."


무슨 말인지 들리지는 않지만 옥신각신하는 목소리가 들린다. 아냐와 있을 때의 유리는 마치 어린아이 같다.

'둘이 무척 친해졌나 보네요.'

요르는 후후후 웃고, 동생과 '딸'… 소중한 두 사람을 맞이하기 위해 본드의 뒤를 따랐다.

**NOVEL MISSION : 3**

"제길, 황혼 그 자식… 나는 정보상일 뿐이지 전투력은 쓰레기 수준이라고 했는데…. 툭하면 말려들게 하고 있어."

베를린트 종합병원 정형외과에서 진찰을 받고 돌아가면서, 프랭키는 업무 파트너인 '황혼', 또 다른 이름은 로이드 포저에 대한 원망을 늘어놓고 있었다.

이곳 오스타니아의 수도 베를린트에서 매점을 운영하는 프랭키에게는 정보상이라는 숨겨진 얼굴이 있었다. 프랭키는 웨스탈리스에서 파견된 스파이 로이드에게 필요한 정보를 넘겨준다. 물론 돈과 바꾸기는 하지만, 그가 하는 일은 문서 위조나 명문학교 입시문제 유출 등 다방면으로 걸쳐 있다.

그것도 이 로이드 포저라는 남자가 겉보기에는 벌레 한 마리 못 죽일 듯 곱상하게 생겼지만 성격은 대단히 뻔뻔스러운데다 사람을 마구 부려먹기 때문에, 때로는 그가 임무를 위해 입양한 아이를 대신 봐 주거나 스파이 임무를 도울 때마저 있는 것이다.

**SPY×FAMILY**

이번에도 그 때문에 허리를 다쳐 병원에 다니는 신세가 되었다.

임무상 위장을 위해 이 병원 정신과에서 의사로 일하는 로이드 앞으로 치료비를 청구할까 말까 몇 번을 고민했던가. 하긴 그런 짓을 했다가는 후환이 두려우니 생각으로 그쳤지만….

'나도 돈만 있으면 정규 의뢰 외에는 딱 잘라 거절한다고. 나는 정보상이지 심부름센터가 아니란 말이야.'

하지만 문제는 돈이 없다.

프랭키가 취미와 실익을 겸해서 하는 새 스파이 용품 개발을 위해서는 아무리 돈이 많아도 모자라는 것이다.

따라서 다소 손해 보는 의뢰인 줄은 알지만 하지 않을 수 없었다.

미남은 돈과 힘이 따르지 않는다는 속담도 있건만 미남인 로이드는 돈도 힘도 있고, 미남과 거리가 먼 자신은 돈도 힘도 없다니. 세상은 왜 이다지도 불공평하단 말인가.

더구나 로이드에게는 어디까지나 임무를 위한 위장가족이라고는 하나 미인에 스타일 좋은 부인과 건방지지만 귀여운 면도 있는 딸, 그리고 개까지 있다.

'나도 그 녀석처럼 생겼다면 여자한테 인기도 많고 뭐든 술술 풀리는 인생을 걸었을 텐데! 모든 것은 얼굴! 얼굴 때문이야!'

멍하니 그런 생각에 잠겨 걷다가 길을 잘못 들었는지, 분명 집으로 가려고 했는데 잘 모르는 곳이 나왔다.

정원처럼 생겼지만 사람이 전혀 없다.

입원용 병동 뒤 어디쯤인가?

병원 입구와는 정 반대쪽이다.

"이게 뭐야. 진짜 되는 일이 없네."

한숨을 쉰 프랭키가 머리를 긁적이며 왔던 길로 돌아가려는데, 정원 구석 쪽에서 사람 말소리가 들렸다.

돌아보니 덤불에 새하얀 장미꽃이 여기저기 피어 있었다.

소리는 그 너머에서 들려왔다.

'노랫소리?'

너무나도 아름다운 그 노랫소리에 끌려 프랭키의 발길이 덤불 쪽으로 향했다. 덤불 안쪽을 들여다보니 새하얀 파자마 차림의 소녀가 두 손을 가슴 앞에 모으고 서서 노래를 부르고 있었다.

열여섯이나 일곱 정도일까?

**SPY×FAMILY**

금빛 머리카락을 허리에 닿도록 기른 아름다운 소녀였다.

소녀는 눈을 감고 집중하며 노래를 부르고 있었다. 그 때문인지 누군가 난입했다는 것도 모르는 듯했다.

'입원 환자인가?'

그나저나 노랫소리는 얼마나 아름다운지.

흔해 빠진 표현이지만 마치 천사의 노랫소리 같다. 처음 들어 보는, 어쩐지 연극조인 가사도 소녀의 음색과 잘 어울렸다.

이윽고 노래가 끝났다.

소녀는 여전히 눈을 감고 있었다. 뒤뜰에는 여운에 찬 정적이 흐르고, 프랭키는 반사적으로 박수를 치고 말았다.

그 소리에 소녀의 가녀린 어깨가 움찔 떨렸다.

"누, 누구세요…?"

겁먹은 목소리로 중얼거리고, 가느다란 두 팔로 자기 상반신을 감싼다.

그제야 아차 싶었다.

이러면 수상해 보이겠지.

"아, 아니, 나는 절대 수상한 사람은 아니고…."

프랭키가 허겁지겁 변명했다.

"저기… 이곳 정형외과에 들렀다 돌아가는 길인데. 아름다운 노랫소리가 들린다 했더니, 그쪽이 노래를 하고 있어서…
저, 하도 아름다운 노랫소리라서 정신없이 듣다가 그만 말을
거는 걸 잊었다고 할까… 좌우간 놀라게 해서 미안해요."

성심성의껏 사과하며 고개를 숙였다.

소녀는 안심한 듯 긴장을 풀더니,

"저야말로 너무 무서워서 죄송해요."

그렇게 사과를 했다.

그리고 잠시 머뭇거리다가 저, 하고 덧붙인다.

"박수, 기뻤어요…. 칭찬해 주셔서."

쑥스러운 듯한 그 웃음에 프랭키는 "아니…." 하고 중얼거리
고, 무의미하게 목덜미를 긁었다.

"난 음악 같은 건 잘 모르지만 찡하게 와닿았다고 할지, 굉
장히 감동했어. 진짜 잘 부르던데."

"과, 과찬이세요."

더욱 칭찬하니 소녀의 얼굴이 귀까지 새빨개졌다.

"그런데 왜 이런 데서 혼자 노래하고 있었어?"

프랭키가 입원 병동을 올려다본다.

"아, 그렇구나. 병실에서 노래를 하면 시끄럽다고 야단맞을
지도 모르겠네."

**SPY×FAMILY**

다인실이면 다른 환자도 있을 테니까, 하고 말하자.

"아뇨, 병실은 1인실이지만 몰입하면 아무래도 성량을 누를 수가 없으니까 옆방 분들께 폐가 될지 몰라서요."

소녀가 프랭키의 의문에 진지하게 대답했다. 여전히 눈은 감고 있었다.

"완전 방음이 되는 방이라면 좋겠지만."

"아니, 완전 방음 병실이면 무섭지 않겠어?"

프랭키는 그렇게 지적하면서,

'그래, 부잣집 아가씨구나.'

하고 수긍했다.

이곳 베를린트 종합병원은 수도에서 가장 역사가 오래된 병원이다. 환자도 정치가나 예술가, 대기업 임원 등 VIP가 많으며 1인실 입원비도 장난 아니게 비싸다.

어쩐지 세상과 좀 동떨어진 분위기가 있다 했지.

입은 옷도 파자마 같지 않을 만큼 고급스러운 것이 분명 금이야 옥이야 자란 큰 저택의 영애일 것이다. 그래도 전혀 거만한 기색이 없는 착한 아이였다.

아니면 진짜 귀한 집 아가씨들은 모두 이렇게 구김살 없고 예의 바르며 마음씨가 고운 걸까.

명문 이든 칼리지에 다니는 가짜 아가씨를 떠올리며 눈앞에 자리한 진짜 아가씨를 바라본다.

'하긴 뭐가 됐든 나하고는 상관없는 세계지만.'

프랭키가 그럼, 하고 자리를 떠나려 하는데.

"저… 저기!"

등 뒤에서 소녀가 뭔가 결심한 듯 말했다.

"응? 왜?"

프랭키가 돌아 보니 소녀가 눈꺼풀을 들었다. 그 밑에서 나타난 것은 놀라울 정도로 맑은 눈이었다. 그러나 마치 보석처럼 아름다운 그 눈동자는, 프랭키를 보지 않고 엉뚱한 방향을 향하고 있었다.

"혹시 시간이 있으시다면… 저, 폐가 되지 않으시다면…."

"?"

"한 곡만 더 들어 주실 수 있을까요?"

진지한 목소리로 그렇게 애원하는 소녀는 분명 프랭키에게 이야기하고 있다. 하지만 서로의 시선은 마주치지 않았다.

문득 소녀의 발치에 하얀 지팡이가 놓여 있는 것을 보고, 그

**SPY×FAMILY**

제야 짐작이 갔다.

'아아… 이 여자애는 눈이….'

그래서 입원을 한 것일까.

아니면 원래 눈은 보이지 않았고, 입원한 것은 다른 이유일까.

프랭키가 소녀의 사랑스러운 얼굴을 바라봤다. 소녀는 조마조마하게 프랭키의 대답을 기다리고 있었다.

"괜찮아."

그렇게 대답하니,

"! 정말 고맙습니다!"

소녀의 얼굴이 누가 봐도 알 수 있을 만큼 빛났다. 마치 봉오리에서 꽃이 피어나는 순간 같은 그 표정에 저도 모르게 가슴이 설렜다.

'아니, 왜 두근거리고 있는 거야. 얘는 어린애라고.'

그렇게 자신을 질타하고,

"아, 아니. 오늘은 집에 가도 딱히 할 일도 없으니까."

프랭키는 짐짓 퉁명스럽게 말했다.

소녀는 기분이 상한 낌새도 없이 "네." 하고 기쁜 듯 끄덕이고, 수줍게 물었다.

"저… 성함을 여쭤봐도 될까요?"
"나? 프랭키라고 하는데…."

"! 저는 알렉사라고 해요. 알렉사 벌처입니다."

프랭키가 병원 뒤뜰에서 만난 소녀는 그렇게 말하고, 글자 그대로 꽃 같은 얼굴로 웃었다.

◉

"너 어쩐지 요즘 묘하게 기분이 좋아 보이는군."
"어? 그런가? 그렇게 보여~?"

단골 카페의 테이블 석에 앉아 주문했던 신형 소형 녹음기를 받아들고, 로이드는 눈앞에 앉은 프랭키에게 수상쩍은 눈길을 보냈다.

바로 얼마 전까지 실연의 충격으로 비뚤어져 있던 것이 거짓말 같았다. 지금도 콧노래가 흘러나올 듯한 얼굴을 하며 카페의 높은 창문으로 밖을 내다보고 있었다.

**SPY×FAMILY**

"와, 오늘은 정말 날씨 좋구나~"

"흐리거든."

"괜찮아, 괜찮아. 나는 비만 내리면 전부 오케이거든. 비가 오면 밖에 나갈 수가 없으니까. 감기라도 걸리면 난리 나고."

이상할 정도로 명랑한 정보원에게 로이드는 급기야 눈살을 찌푸렸다.

'여자에게 너무 차여서 사람이 망가졌나? 아니면 일을 너무 해서 흥분했나? 곤란한데. 이 녀석의 정보수집력, 아이 보는 능력, 참신하면서 고성능인 스파이 용품들은 임무에 필요불가결인데.'

그렇게 생각하며 짐짓 아무렇지 않은 목소리로,

"무슨 좋은 일이라도 있었어?"

하고 묻자 프랭키는 해실해실 풀린 얼굴로 "우후후후." 하고 웃었다. 그리고 묘하게 뽐내는 얼굴로,

"굳이 말하자면 사막에 피어난 한 송이 꽃을 발견했다고 할까."

그렇게 중얼거렸다.

'여자로군.'

확신한다.

여전히 그 버릇을 못 버리고 또 어느 미인을 짝사랑이라도 하는 모양이다.

이번에는 어디에 사는 누구에게 반했으려나.

'하긴 짝사랑하는 상태라면 딱히 문제는 없겠지.'

성가신 것은 차인 다음이다.

또 푸념을 늘어놓으며 곤드레가 된 이 녀석을 챙겨야 하나, 싶어 기운이 빠지면서도,

'우선은 내버려 둬야겠다.'

그렇게 결론지었다.

완전히 습관이 되어 버린 우유 탄 커피를 마시며 '아내'에게 들은 말을 떠올렸다.

"참. 프랭키, 지금 우리 집에 와 줄 수 있을까?"

"윽, 또 꼬맹이를 봐 달라고?"

"아니. 요르 씨가, 언제나 네게 신세만 진다며 뭔가 대접하고 싶다길래."

"그건 고맙지만 지금은 볼일이 좀 있어. 요르 씨한테 안부나 전해 주라."

프랭키가 신이 나서 대답했다.

그리고 아, 하는 표정을 짓더니.

**SPY×FAMILY**

"그렇지. 황… 로이드, 너 이든 칼리지 입시 때 꼬맹이의 교양을 위해 클래식 레코드 사 모은 적 있지?"

"아….."

결국 거의 듣지는 않았지만, 하고 로이드가 마음속으로 혼잣말을 했다.

틀 때마다 왠지 강렬한 졸음을 부르는지 아냐가 푹 잠들어 버리기 때문에 점차 틀 마음이 사라진 것이다. 이제는 방구석에서 먼지만 뒤집어쓰고 있다.

그러자 프랭키가 테이블 위로 몸을 내밀었다.

"그중에 오페라 같은 것도 있어?"

"아마 있었던 것 같은데….."

"다음에 만날 때 빌려주라!"

"뭐어?"

로이드가 의아한 얼굴로 프랭키를 보았다. 이 남자가 오페라에 관심이 있다는 말은 들어 본 적이 없었다. 애초에 음악 자체를 그렇게 좋아하는 남자였던가?

'그러고 보니 지난번 모니카 때는 그 사람이 일하는 시가 클럽에 출퇴근하다시피 했지….'

시가의 '시' 자도 모르면서.

'그렇다면 이번 상대는 오페라 하우스 직원이라도 되나?'

아니면 악기점이나 클래식 카페의 점원이라거나.

어느 쪽이든 지칠 줄 모르는 남자라고 생각하면서도 승낙하자,

"땡큐, 로이드. 그럼, 나는 이제 중요한 약속이 있어서! 잘 가라!"

통통 튀는 발걸음으로 카페를 나섰다.

로이드는 잠시 어이없는 기분으로 그 뒷모습을 바라보다가, 나 원… 하고 크게 한숨을 쉬었다.


"…또 성가신 부탁이나 하지 않으면 좋겠는데."


프랭키가 준 소형 녹음기를 만지작거리며 중얼거렸다.

개량에 개량을 거듭했다는 그것은 놀라울 만큼 가볍고, 완벽한 성능을 자랑했다.

"어머, 그렇게 큰 멍멍이가 있다고요?"

**SPY×FAMILY**

"맞아, 맞아. 그 집 꼬맹이를 태우고 뛰어다닐 정도로 크거
든. 그래. 꼭 작은 곰만 한가? 털도 북슬북슬하고."

병원 뒤뜰에 있는 벤치에 알렉사와 사이좋게 나란히 앉아,
프랭키가 과장되게 떠들어 댔다.

지난 한 달 동안 프랭키는 시간만 허락하면 이 뒤뜰에 와서
알렉사의 노래를 듣고 이야기꽃을 피웠다. 알렉사는 프랭키가
가져오는 소소한 과자나 꽃을 마치 값비싼 선물처럼 기뻐하
고, 대수롭지 않은 잡담에도 방울이 울리는 듯한 목소리로 웃
어 준다. 무엇보다 프랭키와 만나는 시간을 즐겁게 기다린다
는 것이 온몸으로 느껴져서, 알렉사의 웃는 얼굴을 볼 때마다
프랭키는 낯간지러운 기분이 가득하면서도, 전에 없는 행복감
을 느낄 수 있었다.
"가끔 공원에서 프리스비 놀이 같은 걸 하는데, 머리가 나빠
선지 갈 때까지는 아주 의욕이 만만하다가도, 막상 던지면 멍
청히 보고만 있더라고."
프랭키가 로이드네 집의 개에 대해 이야기하자 알렉사는
"하아." 하고 한숨을 쉰 뒤, 부러운 듯 중얼거렸다.

"전 어릴 때부터 쭉 큰 개를 기르고 싶었어요. 하지만 동물털은 목에 안 좋다며 아버지가 허락을 안 해 주셔서….."

"아."

프랭키의 두 눈썹이 축 처졌다.

시무룩해진 알렉사의 옆얼굴에 가엾은 생각이 들었지만,

'하긴 그러고 보면 그렇겠지.'

하고 생각했다.


누가 뭐래도 알렉사는 그 '벌처' 가문의 딸이다.


로이드가 알면 또 '스토커'라고 나무라겠지만 정보상의 속성인지 프랭키는 어려 보이던 알렉사의 나이가 사실은 열아홉이라는 것을 알아냈고, 그 출신과 경력까지 철저하게 조사했다.

벌처 가문은 저명한 음악가를 많이 배출하기로 유명한 일족으로, 알렉사의 아버지는 세계적으로 유명한 피아니스트, 어머니는 세계적으로 유명한 오페라 가수다. 세 살 위인 오빠는 신예 바이올리니스트로 전 세계를 누비는 듯하다. 삼촌은 권위 있는 오케스트라의 지휘를 맡고 있으며, 고모는 천재로 칭송받는 작곡가다.


**SPY×FAMILY**

일가의 후원자 중에는 오스타니아 정부 요인도 적지 않다.

곧 스무살이 되는 알렉사도 2년 전에 어머니와 같은 오페라 가수로 화려하게 데뷔를 장식할 예정이었지만 신경계 병으로 갑자기 시력을 잃어 지금에 이른다.

그래도 좌절하지 않고 아무도 없는 병원 뒤뜰에서 혼자 노래 연습을 하고 있다.

그런 알렉사에게 프랭키는 존경심마저 느꼈다.

자기였으면 분명 모든 것에 절망하고 완전히 비뚤어졌을 텐데. 세상을 원망하며 자포자기했을지도 모른다.

그러나 지난 한 달 동안 소녀의 입에서 자기 처지를 한탄하는 말이 나온 적은 한 번도 없었다.

그러니만큼 뭔가 해 주고 싶은 마음이 간절해진다.

"그럼, 다음 주에라도 여기 데려와 볼게. 머리는 나쁘지만 성격은 얌전한 개니까 무섭지도 않고. 간식이라도 줘 보면 어떨까?"

프랭키가 제안하자,

"정말이세요?"

알렉사가 새하얀 볼을 붉게 물들이며 저도 모르게 벤치에서 일어섰다.

하지만 그 얼굴은 이내 어두워졌다.

"왜? 역시 털 때문에 걱정돼? 하긴 그 녀석 털이 길기는 해."

그럼 어디서 단모종 개를 빌릴 테니까, 하고 프랭키가 말하자 알렉사는 "아뇨…." 하고 말을 흐리다가, 이윽고 작은 소리로 속삭였다.

"다음 주엔 눈 수술을 받아야 해요."

"?! 진짜?"

놀란 프랭키가 알렉사를 들여다본다.

"아니, 진작 말해 주지! 그렇게 중요한 일을 왜…."

"죄송해요."

"…아냐, 나야말로 미안해."

당장 울음을 터뜨릴 것 같은 목소리로 사과하는 알렉사에게 냉정을 되찾은 프랭키도 따라 사과했다. 그리고 다시 밝은 목소리로 물었다.

"그래도 그거, 간단한 수술이겠지? 한 시간 정도면 끝나는 거 아냐?"

"……."

"어려운 수술이래?"

알렉사가 말없이 끄덕였다. 빛이 없는 눈을 내리까는 소녀

**SPY×FAMILY**

에게 프랭키의 심장이 불길한 소리를 냈다.

잠시 두 사람 모두 아무 말이 없었다.

구름이 낀 하늘에서는 당장 비가 쏟아질 것 같았다.

이윽고 알렉사가 중얼거렸다.

"…저, 사실은 무서워요. 의사 선생님은 '마취하고 잠자는 사이에 모두 끝나니까 괜찮다'고 하시지만… 혹시 잠들었다 다시는 깨어나지 못할까 봐 무서워서…. 그럼 다시는 좋아하는 노래도 못 부르고, 이렇게 프랭키 씨와 이야기 나눌 수도 없잖아요."

알렉사의 목이 메인다. 어깨에서 가슴께로 부드러운 커브를 그린 아름다운 금발이 작게 떨렸다.

"전 남자분과 이렇게 즐겁게 이야기하는 것이… 프랭키 씨가 처음이에요."

그래서, 하고 소녀는 떨리는 목소리로 말을 이었다.

"이대로라도, 노래를 할 수 있고 프랭키 씨가 그걸 들어 준다면."

"알렉사…."

"저는 그걸로도 충분히 행복하니까…."

알렉사가 거의 숨결처럼 잦아든 목소리로 중얼거렸다.

프랭키는 가슴이 터질 듯한 기쁨과 아픔을 동시에 느꼈다.

이렇게까지 그녀가 소중히 여기는 노래와, 자신을 동등하게 생각해 준다는 것이 기뻤다.

하지만 그보다는 두려움이 앞섰다.

아무리 의료기술이 발달했다고는 하나 전신마취를 하고 수술하는 이상 틀림없이 괜찮다는 보장은 없다.

알렉사가 느끼는 공포만큼의 두려움을 프랭키 역시 느끼고 있었다.

하지만,

"그렇긴 해. 수술은 무섭지. 이해해."

프랭키는 짐짓 밝은 목소리를 지어 말했다. 목소리가 떨리지 않도록 필사적으로 자기를 억제한다.

"내 친구 중에 로이드라고, 되게 잘난 척하는 잘생긴 녀석이 있는데, 사랑니를 뽑으러 갔다가 너무 무서워서 기절해 버렸거든?"

"기절을요?"

"그리고 여태 주사가 무서워서 어린애처럼 울상을 하며 피해 다니지."

"어머나⋯."

**SPY×FAMILY**

프랭키는 이 소리 저 소리를 주워섬기고, 일부러 알렉사의 귀에 대고 소곤거리며 고백했다.

"사실 이건 다 내 얘기지만 말야."

"어머."

"비밀이야."

알렉사가 결국 웃음을 터뜨렸다.

한 차례 웃고 나자, "고맙습니다." 하고 속삭이듯 말했다. 비로소 그 얼굴에 미소가 돌아온 것을 확인하고,

"괜찮아."

프랭키는 좀 전과는 전혀 다른, 부드러운 목소리로 이야기했다.

"알렉사의 수술은 분명 잘 될 거야. 이렇게 상냥하고 착한 사람이 불행해질 리 없어. 내가 보증할게."

"프랭키 씨…."

알렉사는 눈물을 머금고,

"그렇지 않아요."

갈라진 목소리로 그렇게 중얼거렸다.

"저는 프랭키 씨가 생각하시는 것만큼 착하지도 않고, 상냥하지도 않아요. 늘 오만하고 아니꼬운 인간이었죠. 저는 제가

특별한 줄만 알았어요. 다른 사람을 깔보고, 이 세상의 아름다운 것이나 빛나는 것은 당연히 내 거라며 우쭐댔죠. 그래서 지금도 문병 와 주는 친구 하나 없는 거예요."

그 인형처럼 아름다운 옆얼굴은 쓸쓸해 보이기는 했지만 자기연민의 빛은 털끝만큼도 없었다. 자신의 어리석음을 부끄러워하지만, 사실을 인정하고 긍정하는 자의 고결함에 감동한 프랭키는 소녀의 옆얼굴을 바라봤다.

"하지만 이렇게 눈이 안 보이게 되어 많은 것을 잃었어도, 정말 소중한 것, 정말 아름다운 것을 볼 수 있게 됐어요."

희미하게 습기를 띤 바람이 알렉사의 머리카락을 어루만진다.

알렉사는 이쪽을 돌아보고 부드럽게 미소 지었다.

"제가 기운나게 언제나 즐거운 이야기를 해 주셔서 기뻤어요. 프랭키 씨는 한 번도 '힘내라'고 하지 않았죠. '괜찮아?' '괜찮아' 하며, 언제나 그렇게 말해 줬어요."

"……."

"당신을 만나서 참 좋았어요."

그 깊은 개암열매색 눈동자는 프랭키의 모습을 비추지만, 알렉사는 프랭키를 볼 수 없다.

**SPY×FAMILY**

하지만 프랭키는 그보다 깊은 골을 알렉사와 자신 사이에서 느꼈다.

알렉사는 프랭키를 '아름다운 것'이라고 말해 주었다. 시력을 잃고 많은 것을 잃은 지금이기에 깨달은 소중한 존재라고.

그러나 프랭키는 알렉사에게 진짜 자신의 이야기를 하지 않았다.

"저, 수술 받을게요. 그러니까 앞으로도… 오래오래 제 곁에 있어 주시겠어요?"

"…그랬다가 내가 땅딸보에 지독하게 못생긴 놈이면 어쩌려고?"

새하얀 볼을 붉게 물들이고 수줍게 말한 알렉사에게 프랭키가 짐짓 언제나처럼 농담을 던졌다.

그러자 알렉사가 약간 화가 난 듯이 말했다.

"그런 건 상관없어요. 어떤 얼굴이라도 좋아요. 땅딸보든, 못생겼든 프랭키 씨가 좋은 거라구요!"

그리고 귀까지 새빨개지더니,

"아… 죄, 죄송해요. 저까지 땅딸보니 못생겼느니… 그, 그런 생각이 아니라…. 다만 저는 그런 것은 전혀 신경 쓰지 않는다는 말씀을 드리려고…. 딱히 프랭키 씨를 땅딸보나 못생겼다고 한 것은….'"

"바보라니까… 알렉사는 진짜."

지금만은 알렉사가 눈이 보이지 않아 다행이라고 생각했다.

지금의 얼굴은 누구에게도 보여 주고 싶지 않다.

"저기, 프랭키 씨?"

프랭키가 말이 없어 불안했는지, 알렉사가 가느다란 손가락을 뻗는다.

정처 없이 허공을 방황하는 손가락을 저도 모르게 두 손으로 붙잡았다.

"다행이다."

소녀가 보이지 않는 눈으로 웃었다.

"프랭키 씨가 어디로 가 버린 줄 알았어요."

"……."

소녀의 손가락은 가늘고, 유리세공품처럼 덧없이 부서져 버릴 것만 같았다.

힘껏 쥐고 싶은 마음을 누르고 프랭키는 손가락을 가만히

**SPY×FAMILY**

놓았다.

"자, 비가 올 것 같으니 방으로 돌아가. 수술을 앞두고 감기라도 걸리면 큰일 나."

"네."

여느 때 같은 말투로 이르자 알렉사는 얌전히 끄덕였다.

"붕대를 풀 때쯤 또 만나러 와 주세요."

"그럼."

입원 병동 앞에서 계속 손을 흔드는 소녀와 헤어진 프랭키는 어떤 결의를 품고 로이드에게 연락을 했다.

◉

'성가신 일이 생길 줄은 알았지만, 정말 일이 골치 아프게 됐네….'

이런 직감이 맞았다 한들 하나도 기쁘지 않았다.

로이드는 팔짱을 끼고 한동안 침묵하다가 눈앞의 남자를 바라봤다.

"즉, 그 여자애가 붕대를 푸는 날, 딴 사람처럼 얼굴을 바꿔 달라는 뜻인가?"

"그래, 부탁할게."

"기각."

갑자기 전화로 불러내 어느 뒷골목에서 만난 프랭키가 한 말은 대강 상상하던 내용이기는 하지만 어떤 의미에서는 예상 밖이기도 했다.

데이트 필승법을 가르쳐 달라거나 연애상담, 인기 끄는 비결을 알려 달라는 등은 지금까지도 있었지만, 얼굴을 바꿔 달라는 부탁까지 하는 것은 아무리 생각해도 처음이다.

그만큼 진심이라는 뜻이리라. 하지만 특수 마스크를 사용해서 다른 사람으로 변장하고 여성과 사귀는 것은 다른 문제다.

무엇보다 그런 속임수가 계속 통할 리 없다.

프랭키는 정보상이지 스파이가 아니다. 일반인인 이상 언젠가는 탄로가 나게 되어 있다.

"연애는 자기 얼굴로 노력할 것, 이상."

그렇게 말하고 일어나려 하자,

**SPY×FAMILY**

"기다려! 전에 'SSS'로 변장해서 요르 씨에게 불심검문을 한 적이 있잖아? 그때 같은 느낌이면 돼! 아니, 이번에는 머리모 양도 바꿔 줘! 복장도 평소의 나와는 전혀 다른 분위기로 하고 싶어! 머리부터 발끝까지 다른 사람으로 꾸며 달라고!!"

프랭키가 뒤따라와 로이드의 허리를 붙잡고 매달린다.

"좌우간 내 얼굴에서 가장 거리가 멀게 만들어 줘. 지난번의 미남형은 아무리 봐도 나와 좀 닮았더라고."

"아니, 어디가 어떻게 닮았다는 말이야?"

뻔뻔하기도 하지, 하며 로이드가 프랭키의 손을 허리에서 떼어 냈다.

그러나 프랭키는 단념하는 기색이 없었다.

"금발에 푸른 눈의 미형이라거나, 아, 너랑 비슷한 인상은 싫어. 찰랑찰랑한 긴 흑발에 살짝 어려 보이는 미남은 어떨 까? 약간 올라간 눈에 갸름한 얼굴의 지식인형도 좋고!"

"더 험한 말은 하지 않을 테니 있는 그대로 승부해."

로이드가 한숨을 쉰다.

"전에도 말했잖아? 여성을 속여 가며 사귀는 것은 안 좋아."

"그러니까 너한테 그런 소릴 듣고 싶진 않다고!"

"그래? 그럼."

"자, 잠깐만! 기다려! 부탁할게!! 황혼 선생님!!"

웃으며 발길을 돌리는 로이드 앞을 프랭키가 재빨리 막아선다. "부탁한다, 너밖에 없어. 이렇게 빌게!!"

그렇게 말하며 땅에 엎드려 이마로 바닥을 찧을 듯 고개를 숙인다. 아득한 동쪽 섬나라에서 부탁이나 사죄를 할 때 널리 쓰이는 인사법이다.

오늘따라 유독 끈질기다고 하기에는 어쩐지 상식을 벗어난 듯한 프랭키에게 로이드가 진지한 목소리로 물었다.


"그 정도로 반한 거야?"

"……."


프랭키는 대답이 없었다.

평소라면 말이 끝나기도 전에 '그렇다 왜! 그러니까 협력해 줘!! 이 비천한 뽀글이에게 자비를!' 하며 치고 들어올 텐데.

'진심인 건가….'

그렇다면 더더욱 도와줄 마음이 들지 않았다.

"이봐, 프랭키. 데이트 필승법을 가르쳐 주는 정도라면 나도 협력할 수 있어. 하지만 얼굴을 바꿔서 한 번 잘 풀린다 해도,

**SPY×FAMILY**

그다음에는 어떻게 할 거야? 만날 때마다 나한테 부탁해서 얼굴을 바꾸겠다고?"

그런 것은 불가능하다. 자기 얼굴을 버린다는 것은 그렇게 만만한 일이 아니다.

프랭키 역시 그걸 모를 만큼 어리석지는 않을 것이다.

"그대로 만나. 네가 진심으로 그 여자애를 생각한다면. 그게 최선이야."

그렇게 말하고 이번에야말로 떠나려 하는데,

"…쳐야."

이마를 땅에 댄 채 프랭키가 중얼거렸다. 뒷골목의 단단한 보도블록 위에서 로이드의 발이 멈춘다.

"뭐라고?"

"벌처 가문의 딸이라고."

프랭키는 그렇게 말하고 고개를 들었다. 렌즈 너머의 눈에서는 아무런 감정도 읽어 낼 수 없었다.

로이드가 눈살을 찌푸렸다.

"벌처… 그 명문 음악인 가문 말이야?"

"그래."

세계에서 이름 높은 음악가를 다수 배출한 명문 중의 명문가.

후원자들 중에는 'WISE'가 정보를 탐내는 오스타니아의 거물이 수두룩하다. 로이드도 솔직히 당장 부여잡고 싶을 정도로 탐나는 연줄이다.

"알렉사 본인도 오페라 가수로 장래가 촉망되는 사람이었어. 시력이 원래대로 돌아와서 세계적으로 활약하면 그야말로 온갖 정보를 입수할 수 있다고."

프랭키가 담담히 말을 잇는다.

"그럼, 너도 손해 볼 건 없을 거야."

그 목소리는 너무나 차갑게 로이드의 귀에 와 닿았다.

"…너 정말 그걸로 만족해?"

스스로도 놀랄 만큼 메마른 목소리가 나왔다.

대답하는 프랭키는 지금까지 한 번도 본 적 없는 표정을 하고 있었다.

**SPY×FAMILY**

"…그래. 만족해."

"그래."


로이드는 짧게 대답했다.

'그게 네 대답이란 말이지.'

이제 와서 선량한 시민 행세를 할 생각은 추호도 없다. 프랭키의 제안은 틀림없이 로이드에게 상당한 이점이 있다. 스파이로서 기꺼이 받아들여야 한다.

그런데도 눈앞의 이 남자에게 실망했다.

지금까지 수많은 여성을 속이고, 이용하고, 가치가 없어지면 하루아침에 버렸다. 그것을 변명할 생각도 없고, 용서받을 생각 역시 없다.

로이드는 자기 손을 더럽히는 한이 있어도 지켜야 할 것이, 임무가 있었으니까.

다른 의도는 아무것도 없다.

그러나 프랭키는 사랑하는 사람을 잃고 싶지 않은 나머지 상대를 속이고, 심지어 본인의 의지와 관계없이 정보제공자로 이용하려 한다.

거기에 실망한 것이다.


프랭키는 로이드 같은 스파이도 아닌데….
어째서일까 생각하다, 문득 이해했다.
'아아… 그런 거였구나.'
믿었던 것이다. 자신은 이 남자를.
이 남자는 바보지만 그렇게까지 쓰레기는 아니라고 믿었다.
얄팍하지만 밉지 않고, 조금 허술하며 마음 좋은 면도 있는 남자라고.
결국 자기는 이 얄팍한 떠버리 정보상이 싫지는 않았던 것이다.
오랜 옛날에 버렸다고 생각한 '우정' 같은 감정을 희미하게나마 이 남자에게 가졌을 만큼….
'어리석기는.'
로이드는 자신의 감정에 조금 당황했다.
아무도 믿지 않고, 누구에게도 정을 주지 않는다. 그것이 철칙 아니었는가.
그러지 않으면 자기 같은 사람은 살 수 없다.
'나는 스파이로서 임무에 필요한 정보를 앞으로도 이 남자에

게 얻으면 그만이다.'

그것뿐이다.

그 이상도 그 이하도 아니다.

짝사랑하는 상대에게 차인 이 남자에게 술을 사 주고 위로하거나, 저녁식사에 초대하거나, 여성에게 인기를 끄는 비결처럼 쓸데없는 것을 가르쳐 주기도 하는 사이일 필요는 애초에 없었던 것이다….


"알았어."

로이드가 더 말하고 싶지 않다는 듯 그렇게 대답하자,

"이 은혜는 잊지 않을게."

프랭키가 안도의 말을 했다.

그 얼굴은 완전히 평소의 그였다.

"고맙다."

"……."

차가운 눈으로 쏘아보고, 로이드는 이번에야말로 발길을 돌렸다.

◉

그날은 더할 나위 없이 화창했다.

표면상이라고는 하나 직장이기도 한 병원이니 눈치를 살필
필요는 없었지만, 로이드는 되도록 남의 눈에 띄지 않는 건물
그늘에 숨어 프랭키와 소녀의 약속 장소 부근에 잠복해 있었
다.

위급할 때의 도주경로로 생각했던 이 뒤뜰은 여전히 인적이
없다. 누가 어떤 의도로 심었는지 모를 하얀 장미 덤불이 어쩐
지 쓸쓸함을 더했다.

"저, 프랭키 씨세요…?"

늦게 온 소녀 알렉사는 조심스럽게, 장미 덤불 옆 벤치에 앉
은 프랭키에게 말을 걸었다.
"어."
하고 대답하며 프랭키가 일어선다.
그 모습은 전혀 딴사람이었다.
부드러우면서 약간 곱슬거리는 갈색 머리, 갸름하고 부드러

**SPY×FAMILY**

워 보이는 동안은 프랭키의 작은 체형에 잘 어울렸다. 심플한 회색 터틀넥에 밝은 색 청바지, 굽 없는 스니커를 신은 차림도 평소 그의 옷차림과는 전혀 달랐다.

모두 오늘을 위해 새로 장만한 것이다.

그의 트레이드마크라고 할 수 있는 검은 뿔테 안경이나 왼쪽 귀의 피어스도 없었다.

"수술이 무사히 끝나서 다행이네."

"네."

프랭키가 가짜 얼굴로 미소 짓자 소녀도 쑥스러운 듯 웃었다. 그 얼굴에는 프랭키를 향한 명백한 호감이 깃들어 있었다.

알렉사는 누가 보더라도 사랑스러운 소녀였다.

그 아름다운 용모와 젊음, 벌처 가의 이름, 그리고 프랭키에게 들은 노래에 대한 정열이 있으면 분명 어머니 못지않은 오페라 가수가 될 것이다.

그리고 많은 후원자를 얻을 것이다.

원하든 원하지 않든 그녀에게는 옥석을 가리지 않고 수많은 정보가 흘러들게 될 것이다.

그 결과 알렉사는 자신이 좋아하는 남자에 의해 아무 자각 없이 정보원이 될 것이다.

그날 이후 프랭키와는 거의 이야기하지 않았다. 오늘 아침, 특수 분장을 할 때도 필요최소한의 사항을 전달했을 뿐이다.

'너는 정말 그걸로 만족해?'

로이드는 저도 모르게 마음속으로 묻고 있는 것을 깨닫고 쓴웃음을 지었다.

철저히 합리적으로 생각하고 되도록 원활하게 일을 진행한다. 그렇게 생각하며 살아왔는데, 언제부터인지 쓸데없는 짓도 하고, 고민도 하게 되었다.

머릿속에 떠오른 두 인물의 얼굴에 로이드의 눈이 가늘어질 때,

"이건 퇴원 축하 선물."

"! 정말 고맙습니다…."

장미 덤불 옆에서는 프랭키에게 꽃다발을 받은 알렉사가 기쁜 듯 볼을 붉히고 있었다.

"정말 예뻐요."

새하얀 달리아 꽃다발에 얼굴을 묻듯이 중얼거렸다.

이어서 퇴원은 언제쯤 할 예정이라거나, 언제 집으로 놀러 와 달라거나, 아버지와 어머니, 오빠도 만나 달라는 등 즐겁게 이야기하는 그녀를 프랭키는 온화한 얼굴로 바라봤다.

**SPY×FAMILY**

"그리고 저, 놀이공원에 가 보고 싶어요. 한 번이라도 좋으니까 관람차를 타 보고 싶어서요. 지금까지는 연습만 하느라 그럴 시간을 못 냈지만…. 그래도 수술도 했고, 천천히 회복하라며 아버지 어머니도 말씀하셔서…. 혹시 괜찮으시다면 프랭키 씨와 같이 가고 싶은데…."

알렉사가 작은 소망을 이야기한다.

물론이라고, 웃는 얼굴로 대답할 줄 알았던 프랭키는 알렉사의 부탁에 끄덕이지 않고,

"있잖아."

하고 부드러운 목소리로 중얼거렸다.

"오늘은 알렉사한테 꼭 해야 할 이야기가 있어."

"? 뭔데요?"

알렉사가 생글생글 웃으며 묻는다.

아무 의심도 없는, 어린아이처럼 상대를 완전히 믿는 눈이었다.

프랭키의 눈동자가 한순간 허공을 떠돌았다.

그러나 이내 눈앞의 소녀를 다시 바라보고, 다정히 미소 지었다.

"난 급한 일 때문에 이 나라를 떠나야 해. 그러니까 이젠 만날 수 없게 됐어. 미안하다."

"어…."

알렉사의 넘쳐흐르던 미소가 얼어붙었다.

로이드 역시 생각지도 못한 프랭키의 말에 당황했다.

프랭키는 그저 미소만 짓고 있었다. 로이드가 만들어 준 다른 사람의 얼굴로 조용히 웃고 있었다.

어쩔 줄 모르던 알렉사가 손에 든 꽃다발을 꼭 쥐었다.

"어째서…? 하지만… 그런… 프랭키 씨, 약속하셨잖아요? 쭉 곁에 있어 주겠다고…."

"미안해."

프랭키의 목소리는 상냥했다. 이보다 더할 수 없이 다정했다. 하지만 결코 번복할 수 없는 말을 하는 인간의 강함과 부드러운 거절이 그 말에 담겨 있었다.

알렉사의 눈에 서서히 눈물이 차올랐다.

**SPY×FAMILY**

"너무해요…."

참다 못한 그녀가 울음을 터뜨리자, 프랭키는 다시 한번 "미안해." 하고 말했다.

그리고,

"저, 알렉사. 마지막으로 한 곡 불러 줄 수 있을까?"

하고 부탁했다. 로이드에게는 그것이 마치 기도처럼 들렸다.

알렉사는 잠시 흐느꼈지만, 이윽고 눈물에 목이 멘 목소리로 노래하기 시작했다. 투명할 정도로 아름다운 그 목소리로 소녀는 슬픈 사랑 노래를 불렀다. 프랭키는 그런 소녀의 목소리를, 모습을 가슴에 새기려는 듯 듣고 있었다.

로이드는 눈을 내리깔고, 두 사람에게 들키지 않도록 조용히 그 자리를 떠났다.

◎

"여어." "……."

늘 만나던 바에 들르자 이미 얼굴이 시뻘개진 프랭키가 카운터에서 잔을 기울이고 있었다.

이제 마스크는 벗고 있었다.

로이드가 하나 떨어진 자리에 앉았다.

과묵한 늙은 바텐더에게 마티니를 주문하자,

"꼭 그렇게 젠체하는 걸 마신다니까."

프랭키가 이죽거렸다.

그러면서,

"나도 그걸로 한 잔."

하고 같은 것을 주문했다.

얼마 후 칵테일이 나와, 한동안 둘 다 올리브가 잠긴 떫은 칵테일을 맛보고 있었지만 이윽고,

"미안하다."

프랭키가 말을 떨궜다.

"본의 아니게 너를 속여서."

"아니."

로이드는 잔에 든 칵테일을 내려다보고,

"오히려 그러지 않았으면 나는 너를 경멸했을 거야."

그렇게 말했다.

"하하… 역시 너는 참 이상해."

# SPY×FAMILY

프랭키가 작게 웃는다.

"그러다간 오래 못 살아."

말과는 달리 비웃는 기색도 없고, 어딘가 위로하는, 염려하는 느낌마저 들었다.

한동안 또 말없이 술을 마시다가, 눈시울이 붉어진 눈을 내리깔고 프랭키가 "난 말이지…." 하며 말을 꺼냈다.


"알렉사가 앞으로는 쭉 진짜 아름다운 것들 속에서 살았으면 해."

"…그래."


거기에, 어둠 속에서 사는 그는 들어갈 수 없겠지.

그래서 스스로 손을 놓은 것인가.


'그 여자애라면 지금까지 만난 여성들처럼 이 녀석의 외모 때문에 거부하지는 않았을 텐데.'

분명 겉모습까지 포함해 모든 것을 받아들여 줄 것이다.

어쩌면 정보상이라는 또 하나의 얼굴마저….

'아니, 그 반대일까….'

프랭키는 알고 있었다.

소녀의 순수한 마음을 알고 있기 때문에, 사랑에 눈먼 비열한 남자 행세까지 하면서 로이드의 손을 빌려 자신을 다른 사람으로 꾸몄다.

앞으로, 설령 길에서 스쳐 지나간다 해도 알렉사는 프랭키를 알아보지 못하리라.

"왜 솔직하게 말하지 않았어?"

"응?"

"'나를 단념하게 하고 싶으니까 도와줘' 그렇게 솔직히 말하면 좋았을걸."

그랬다면 힘이 되어 주었을 텐데. 그렇게 번거로운 짓을 할 필요는 전혀 없었을 텐데.

하지만 로이드의 당연한 의문에 프랭키는,

"싫어! 그렇게 쑥스러운 말을 어떻게 해! 무엇보다 내 착각이면 어쩌고?! 그랬다간 슬퍼서 죽어 버렸을 거다, 바보야!"

그렇게 말하며 코웃음을 쳤다.

그 모습은 완전히 평소의 프랭키였다.

로이드가 비어 버린 잔을 기울였다. 안에 남은 올리브가 작게 흔들렸다.

**SPY×FAMILY**

"설마 네게 속을 줄은 몰랐다."

"아하하, 나도 꽤 쓸 만한 모양이지?"

프랭키가 유쾌한 듯 낄낄 웃었다.

"제길, 사실은 사귀고 싶었다고! 왜 쓸데없이 폼은 잡은 거야, 이 바보바보바보야!"

그렇게 말하고 카운터에 엎드려 엉엉 우는 척한다.

과장된 그 울음 속에서 그의 진짜 눈물을 보지 않도록 시선을 돌린 로이드는 친구와 자신을 위한 칵테일을 두 잔 더 주문했다.

"퇴원 축하드립니다."

"앞으로도 열심히 하세요."

"언젠가 꼭 오페라 무대를 보러 갈게요."

"아버님 어머님께도 잘 좀 전해 주십시오."

"여러분, 정말 신세가 많았습니다."

커다란 꽃다발을 받고, 원장은 물론 주치의와 간호사들에게 성대한 환송을 받으며 소녀는 병원 입구에서 대기하는 자동차로 향했다.

모두들 무척 친절히 대해 주었다.

하지만 누구보다 여기 있어 주길 바랐던 사람은 없다.

소녀는 헤어질 때 '너무해요' 하고 그를 나무랐던 자신을 후회하고 있었다. 그에게도 여러 가지 사정이 있었을 텐데, 일방적으로 원망의 말을 한 자신의 유치함이 지금은 너무나 부끄럽다.

'프랭키 씨, 미안해요.'

그리고 고마웠어요, 하고 마음속으로 인사를 보냈다.

이 하늘 아래, 설령 어디 있더라도 그는 응원을 보내 줄 것이다. 지금은 그렇게 생각할 수 있었다.

소녀가 그와의 추억이 가득한 병원을 돌아봤다.

그러자 길을 걷던 젊은 남자와 스쳐 지나갔다.

그리운 담배 냄새가 코끝을 스친다.

'?! 프랭키 씨….'

**SPY×FAMILY**

순간 얼굴에 미소가 떠올랐지만, 이내 다른 사람임을 알았다.

머리색도 머리모양도 얼굴도, 하나부터 열까지 그녀가 아는 프랭키와는 달랐다.

낙심한 소녀는 그런 생각을 뿌리치듯 차에 올랐다.


소녀를 태운 자동차가 출발했다.

남자가 조용히 작별인사를 한 것을, 소녀는 알지 못했다.

**NOVEL MISSION : 4**

"본드, 물어와!"

"멍."

"아냐, 본드, 너무 멀리 가면 안 돼요."

"걱정 말아요, 요르 씨. 내가 보고 있으니까."


탁 트인 파란 하늘, 공원 잔디 위에 널따란 피크닉 매트를 깔고 수제 샌드위치와 과일 샐러드, 디저트로 먹을 쿠키 등을 늘어놓으며, 애견과 프리스비 놀이를 하는 딸을 지켜보는 화목한 부부.

'완벽해.'

마치 행복한 가족의 견본 같은 자신들의 모습에 '황혼' 로이드 포저는 몹시 만족했다.

이만하면 누가 어떻게 봐도 위장가족인 줄은 모를 것이다.

스파이는 주위의 사소한 의심이나 불신에 의해 발목을 잡히는 법이다. 따라서 로이드는 이렇게 정기적으로 가족의 화목한 모습을 주위에 어필한다.


# SPY×FAMILY

오늘도 아침부터 같은 맨션에 사는 몇몇 가족과 마주쳐 인사를 하고 짧은 대화를 나눴다.

바쁜 임무 짬짬이 시간을 낸 보람이 있었나 보다.

"날씨가 맑아 다행입니다. 하지만 바람이 좀 쌀쌀하군요."

"혹시나 해서 무릎담요를 가져왔는데, 괜찮으면 쓰세요."

로이드와 요르가 훈훈하게 이야기하고 있자니 잔디밭을 뛰어다니던 아냐가 본드와 함께 돌아왔다.


"아버지."

"무슨 일이니, 아냐?"


사뭇 딸바보 아버지처럼, 로이드가 힘차게 달려온 딸을 안아 세운다.

"배고프니? 샌드위치 있는데."

그러자 아냐는 "으응 아직 안 고파." 하며 자기 등 뒤를 가리켰다.

"저 사람 아버지한테 할 말 있대."

"저 사람?"

로이드가 미간을 좁히고 고개를 들자, 좀 떨어진 곳에 낡은 맨투맨 셔츠에 물 빠진 청바지, 허름한 운동화 차림의 젊은 남자가 서 있었다.

전체적으로 호리호리한 남자다. 어깨에는 천으로 된 커다란 가방을 메고, 왼팔에는 접이식 이젤을 끼고 있다. 보아하니 맨투맨이나 청바지, 운동화까지 여러 색깔의 물감 얼룩이 있었다.

화가치고는 너무 젊고, 차림새로 보아 미대생인 듯하다.

'조직 연락원의 접선 요청 사인은 없었는데….'

무엇보다, 아무리 위장이라지만 요원의 가족에게 직접 접촉한다는 것은 연락원치고 너무 허술하다. 아마 조직과는 관계없을 것이다.

하지만 경계할 필요는 있다. 살기는 전혀 느껴지지 않지만 적 측 요원일 수도 있으니까.

재빨리 그런 생각을 하고 있는데 청년이 이쪽으로 다가왔다.

일어선 로이드가 사람 좋아 보이는 웃음을 지으며 청년에게 물었다.

"혹시 저희 아이가 무슨 폐를 끼쳤습니까?"

"아뇨. 그게 아니고요. 저기, 저는 그림을 그립니다."

청년이 말했다. 어쩐지 평탄한 인상이 드는 말투지만 듣기

편안한 목소리였다.

"하지만 요즘은 쭉 뭘 그리면 좋을지, 내가 뭘 그리고 싶은지 모르겠더라고요…. 제 그림에는 뭔가가 부족하거든요. 하지만 그게 뭔지 알 수가 없어서… 말하자면 슬럼프였습니다. 오늘도 역시 아무것도 떠오르지 않아서, 할 수 없이 돌아가려 했는데 조금 전에야 비로소 이거라는 생각이 들었습니다."

그렇게 말하고 청년은 고개를 꾸벅 숙였다.

"제 그림의 모델이 되어 주세요. 부탁드립니다."

"네? 모델이라고요?"

로이드는 놀란 표정을 지으며 마음속으로 눈살을 찌푸렸다.

'무슨 말을 하는 거지, 이 사람은?'

사실은 적 조직의 요원이고, 무슨 꿍꿍이가 있는 걸까?

하지만 청년이 거짓말을 하는 낌새는 전혀 없었다. 로이드는 직업상 사람의 거짓말을 꿰뚫어 보는 능력이 뛰어나다. 눈앞의 청년은 거짓말을 하는 사람의 특징에 전혀 해당되지 않았다.

"아버지 모델돼?"

두 손을 가슴 앞에 모은 아냐가 숨을 몰아쉬며 흥분한다.

그러자 청년이 "아뇨." 하고 고개를 저었다. 윤기 없는 검은 머리가 흔들리고 진한 테레빈유 냄새가 났다. 가만히 보니 머리카락에도 유화 물감이 말라붙어 있다.

"아버님뿐만이 아니라 가족분들 모두에게 부탁드리려고요."

"본드도?"

"네. 물론 멍멍이도요."

"멍."

"아, 감사합니다. 잘 부탁드릴게요."

청년이 마치 사람을 대하듯 본드에게도 고개를 숙이고, 내민 앞발을 정중히 잡았다.

아무래도 정말 그저 선량한 화가 지망생인가 보다.

하지만 곤란한 부탁이라는 점은 변함이 없었다.

이걸 어떻게 한다. 로이드는 주저했다.

'스파이로서, 아무리 그림 모델이라지만 '로이드 포저'의 흔적을 함부로 남기는 것은 위험한데….'

표정에는 드러내지 않고 시선만으로 재빨리 주위를 살폈다.

생각대로 호기심 어린 주위의 시선이 그들을 향하고 있었다.

근처에 피크닉 매트를 깔고 드러누워 있던 커플도 흥미롭게 주시하고 있다.

**SPY×FAMILY**

"무슨 일이래?"

"글쎄, 그림 모델이 되어 달라나? 과제하는 미대생인가?"

차질 없이 임무를 수행하려면 공연히 주목을 받아서는 안 된다.

그렇다고 성실한 학생의 부탁을 냉정히 거절했다가는 평판에 도움이 되지 않을 것이다.

'어디서 누가 보고 있을지 모르니까. 소문내기를 좋아하는 이웃 주부들이 보기라도 하면….'

"세상에 있잖아요. 포저 씨가 글쎄, 미대생이 그림 모델을 부탁했는데 매몰차게 거절했다지 뭐예요."

"어머, 사람 그렇게 안 봤는데 매정하기도 해라."

"그림 한 장 그린다는데 뭐 어때서. 그런다고 닳기라도 하나…."

"혹시 그리면 곤란한 이유라도 있는 거 아니에요?"

그런 대화가 쉽게 상상이 간다.

'평범하면서도 선량한 가족으로서 미래가 있는 청년 육성에 발 벗고 나설 것인가? 아니, 그렇지만 오늘은 휴일이다. 가족끼리 보내는 오붓한 시간을 중시하고 싶다며 거절하는 편이 타당할 거야.'

빠르게 결론을 내린 로이드가,

"대단히 죄송하지만, 요 며칠 일 때문에 무척 바빠서 가족과 함께 보내는 시간이 오랜만이라….."

완곡히 거절의 뜻을 밝히려는데.

"히약~~~~~~~~~!!"

아냐가 기묘한 소리로 외쳤다.

"아니, 왜 그래. 갑자기….."

"그, 그 스티커."

아냐가 부들부들 떨리는 손으로 청년의 천가방 뒤를 가리켰다.

"아, 이거 말인가요?"

청년이 가방을 뒤집자, 왼쪽 아래 구석에 반짝반짝하는 동그란 와펜이 붙어 있었다. 중앙에는 아냐가 사랑하는 애니메

**SPY×FAMILY**

이션 캐릭터 '본드맨'이 그려져 있다.

"본드맨 초콜릿에 들어 있었어요. 가방에 표시하기 딱 좋아 보여서."

"거의 안 나오는 환상의 스티커."

아냐가 떨리는 목소리로 중얼거렸다.

과자 스티커도 좋아하고, 본드맨을 너무나도 좋아하는 아냐에게는 군침이 돌 만한 물건이다.

불길한 예감이 든 로이드가,

"본드맨 초콜릿이라면 집에 가면서 사 줄게."

와펜에 시선을 고정한 딸을 달래려고 작은 어깨에 손을 얹자, 청년이 넌지시 말했다.

"갖고 싶으면 줄까요?"

"진짜?!"

아냐의 얼굴이 활짝 밝아졌다.

"접착제로 붙여 버렸으니 가방째 드릴게요. 안에 든 것까지 드릴 순 없으니까 어디서 쓰레기봉투라도 구해서 옮겨 담아야겠네요."

그리고 정말로 봉투를 구하러 가려는 청년을 로이드는 얼른 붙잡았다.

"아뇨, 그렇게까지 해 주실 이유는….."

"하지만 따님이 이걸 정말 좋아하는 것 같아서요. 그렇다면 그 아이가 가져야 이 스티커도 행복하겠죠."

청년은 담담히 말하고, 근처에 서 있던 차량 가판대로 가서 검은 비닐봉투를 얻어 돌아왔다.

가방 안에 들어 있던 물건을 아무 망설임 없이 봉투에 옮기고,

"자, 받아요."

"고마습니다."

본드맨 레어굿즈가 달린 가방을 받은 아냐는 그 자리에서 춤을 출 정도로 기뻐했다.

'윽… 뭐지? 이 남자는.'

모델이 되어 주는 대신, 같은 교환조건을 제시하지도 않는 점이 더 거북하다. 그렇다면 이쪽에서도 어떻게 해 볼 수 있겠지만, 오로지 선의에서 우러나 행동하는 인간은 가장 대처하기 곤란하다.

'하는 수 없지….'

로이드는 결심을 굳혔다.

딱히 유명한 화가의 그림으로 남는 것도 아니다. 미대생이

그리는 정도라면 문제없을 거라고 자신을 타일렀다.

"제 딸을 위해 주셔서 정말 감사합니다. 저희 가족이라도 괜찮다면, 기꺼이 모델이 되어 드리죠. 그렇죠? 요르 씨."

피크닉 매트에 앉아 바라보던 요르에게 동의를 구하자 마음 착한 아내는 고개를 끄덕이고,

"네, 아냐도 무척 기뻐하니까, 우리가 도울 수 있는 일이라면…."

부드러운 미소로 승낙했다.

한편 청년은.

"저기… 제가, 그렇게 감사받을 만한 일을 했나요?"

어리둥절하기는 했지만 모델 의뢰를 받아 준 것이 무척 기쁜 모양이다.

"정말 감사합니다. 큰 도움이 되겠어요."

허리가 접힐 정도로 머리를 숙이고, 로이드에게 물감으로 얼룩진 오른손을 내민다.


"저는 펠릭스 커티스라고 합니다."

"반갑습니다, 저는…."

반사적으로 펠릭스라는 청년의 오른손을 마주 잡은 로이드 가 간단하게 자기소개를 하려다 멈췄다.

'펠릭스 커티스?'

펠릭스 커티스라면 현재 가장 각광받는 인기 화가다. 상당 한 괴짜인데, 좀처럼 공식 무대에 나타나지 않기 때문에 거의 라고 해도 좋을 정도로 얼굴은 알려지지 않았지만 최근 그의 그림이 놀라운 가격에 낙찰됐다는 신문기사를 읽은 적이 있 다.

'설마 본인인가? 아니, 하지만 분명 펠릭스는 30대 중반이 었을 텐데….'

그러나 눈앞의 남자는 보기에 따라선 10대 같기도 하다. 기 사와는 전혀 다르다고 생각하면서도, 마음을 다잡은 로이드가 말을 이었다.

"실례, 로이드 포저입니다. 아니, 놀랐네요. 화가 펠릭스 커 티스 씨와 이름이 같아서."

"네, 본인이니까요."

아무렇지 않은 대답에 제아무리 로이드라도 경악했다.

'…이럴 수가.'

자칫 표정이 굳어질 뻔했지만 재빨리 가벼운 놀라움으로 바

꿔 "설마 본인이실 줄은." 하고 응수한다.

"아버지 아는 사람?"

아냐가 로이드의 재킷을 잡아당긴다.

"아니, 하지만 굉장히 유명한 화가 선생님이셔."

로이드가 마음의 동요를 숨기고 아냐의 물음에 대답하니,

"그럼, 저는 준비를 할 테니 여러분은 편하게 계세요."

펠릭스가 그렇게 말하며 잔디 위에 이젤을 세우기 시작했다.

아냐가 그런 펠릭스를 빤히 보며,

"호리호리 굉장히 유명한 화가?"

버릇없는 별명까지 마음대로 지으며 물었다.

"그렇지도 않아요. 평범한걸요."

"억만장자?"

"아뇨. 받은 돈은 대부분 미술학교 등에 기부합니다. 그림을 그리려면 돈이 들거든요. 저는 더 많은 젊은이들이 돈 걱정 없이 자유롭게 그림을 그렸으면 해요."

펠릭스가 소녀의 물음에 하나하나 진지하게 대답을 한다.

훌륭한 마음가짐이다. 만약 그것이 사실이라면 펠릭스라는 남자는 인망이 매우 높을 것이다. 그런 사람의 부탁을, 더구나 한 번 허락해 놓고 딴소리를 한다면 순식간에 포저 가의 평판

이 나빠질지도 모른다.

로이드가 다시 퇴로를 차단당한 기분으로 서 있자니,

"…저기, 로이드 씨."

요르가 작은 소리로 말을 걸었다.

"펠릭스 씨가 그렇게 유명한 분인가요? 저는 당연히 학생인 줄만 알았는데."

"네."

로이드도 소리를 낮춰 대답했다.

"말하자면 이 시대의 얼굴이죠. 수채화 물감으로 마치 사진처럼 리얼한 실사화를 그리기로 이름난 희대의 화가랍니다. 미술관에서 이 사람의 작품을 본 적이 있는데, 놀랄 만큼 정교했어요. 어느 미술평론가가 '그는 모든 캔버스를 카메라 렌즈로 바꾼다'고 감탄했을 정도죠."

요르에게 설명하면서 로이드는 스스로도 그 내용을 곱씹었다.

그렇다. 바로 그것이 문제다.

얼핏 보면 사진으로 착각할 만큼 꼭 닮게 그린 가족의 그림이 자칫 미술관에 걸리기라도 하면….

'최악이다….'

**SPY×FAMILY**

그것만은 무슨 일이 있어도 피해야 한다고 로이드가 생각하는데,

"유리와 비슷한 또래 같은데, 굉장하세요."

빙그레 웃으며 감탄하던 요르가 문득 미간을 좁혔다. 그리고 조심스레 물었다.

"저기… 아무리 유명한 화가 선생님의 작품이라고 해도, 우리를 그린 그림이 미술관에 걸리는 일은… 없겠죠?"

"보통 화가라면 그렇겠지만요."

로이드가 신중하게 대답했다.

"그의 것은 간단한 스케치라도 탐내는 사람이 얼마든지 있습니다. 그런데 본격적인 작품이라면….."

그렇게 대답하자 요르의 얼굴에서 스르르 핏기가 가셨다.


그도 그럴 것이, 알다시피 (로이드는 알 리 없지만) 그녀는 '가시공주'라는 암호명으로 활동하는 살인 청부업자이기 때문이다.

지금까지 가시공주의 얼굴을 보고 살아남은 자는 없다.

그러나 만에 하나의 경우라는 것이 있다.

어떤 실수로 미처 죽이지 못한 사람이 미술관에서 펠릭스가 그린 그림을 보고 가시공주에게 남편과 딸이 있다는 사실을 알게 된다면 로이드나 아냐에게 위험이 닥치지 않을 거라는 보장은 없다.

그렇게 생각하고 창백해진 것이다.

'어, 어떻게 하면 좋죠? 하지만 진짜 이유를 말할 수 없는 이상 일단 승낙해 버린 일을 거절하는 것은 부자연스럽고…. 그렇다면 어떻게 해서든 얼굴을 그리지 않도록 하는 거예요! 요르!'

없는 지혜를 필사적으로 짜낸 끝에 그 결론에 이른 요르였 지만.



"요르 씨? 왜 그러시죠?"

그런 그녀의 속사정을 알 리 없는 로이드는 갑자기 창백한 얼굴로 입을 다물어 버린 요르를 눈치채고 걱정스러운 듯 물 었다.

"몸이 안 좋아요?"

"아뇨, 저는 지극히 원기 왕성합니다!"

**SPY×FAMILY**

생긋 웃으며 대답한 요르의 얼굴은 분명 긴장되어 있다.

"하지만 땀을 많이 흘리는걸요."

"으, 어… 저기, 너무 더워서요."

그렇게 말하며 요르는 입고 있던 니트 후드를 벗었다. 그러나 공교롭게도 안에는 얇은 민소매였다.

부는 바람이 생각보다 차가웠는지, 요르가 크게 재채기를 했다.

"하지만 바람이 꽤 쌀쌀한 것 같은데… 요르 씨도 그걸 대비해서 담요를 가져오지 않았나요?"

"아니요, 제가 잘못 알았어요. 오늘은 정말 덥네요!"

덜덜 떨면서도 최선을 다해 미소 지으며 대답하는 요르를 더 이상 추궁하기는 아무래도 껄끄러웠다.

**'왜 저러지, 요르 씨는?'**

갑자기 수상한 행동을 보이는 아내를 보고 로이드가 곤혹스러워했다.

**'앞뒤의 대화로 추측하자면 학생 그림의 모델이 되는 것은 상관없지만 미술관에까지 걸리는 것은 싫다는 뜻일까.'**

그렇다면 로이드와 같은 이유겠지만….

**'스파이인 나와 달리 요르 씨는 그렇게까지 꺼릴 이유가 없**

을 텐데… 아니, 가만. **요르 씨의 직장은 보수적인 시청이지.'**

하긴 유명 화가의 모델이 되어 얼굴이 알려지기라도 하면 여러모로 성가실 것이다. 개중에는 세금으로 월급을 받는 공무원이 처신을 잘못한다며 말도 안 되는 소리를 하는 사람이 없으리란 보장은 없다.

적어도 동료들에게 공연한 질시를 받을 가능성은 있다.

어쩌면 그걸 걱정하는지도 모른다.

**'확실히 요르 씨와 동료들 사이는 어쩐지 조금 그런… 뭐라고 할까, 음. 그래, 그렇단 말이지.'**

요르의 불가사의한 행동의 이유를 추측하던 로이드가 고개를 끄덕이고 있는데,


"아버지 잘못 짚었어."

"?"


어느새 곁에서 자신을 올려다보던 아냐가 소곤거린다. 언제나 한 번씩 생뚱맞은 말을 한다니까. 로이드가 한쪽 눈썹을 올리고,

"무슨 말이니? 뭘 잘못 짚었다는 거지?"


**SPY×FAMILY**

그렇게 묻자.

"아무것도 아니야."

아냐는 조금 당황한 듯 그렇게 대답했다.

늘 그렇듯 이해하기 어려운 딸에게 로이드가 고개를 갸웃거리고 있는데, 이젤 설치를 마친 펠릭스가 말했다.

"그럼, 이제 부탁드리겠습니다."

그러자 요르가 조심스레 한손을 들었다.

"잠깐, 화장실에 다녀와도 괜찮을까요?"

"물론입니다. 편하게 다녀오세요."

"그럼, 실례하겠습니다."

펠릭스의 양해를 얻자마자 요르가 무서운 속도로 화장실을 향해 달려갔다.

그 기세에 압도당한 세 사람과 한 마리가 요르의 뒷모습을 멍하니 바라봤다.

"어머님은 혹시 육상 같은 운동선수신가요?"

"어머니는 꽁꽁, 공공시설에서 일해."

"공공기관이요? 어려운 말도 잘 아는군요. 대단해요."

"에헤헤헤."

"멍!"

아냐와 펠릭스의 대화를 귓전으로 들으며 로이드는 맥이 풀렸다.

**'뭐야. 화장실이 급해서 그랬나….'**

그림 모델이 되면 곤란하다는 건 그저 혼자만의 생각이었고, 쌀쌀한 날씨에 밖에 있느라 한기가 들었는지도 모른다.

돌아오면 넌지시 재킷을 걸쳐 줘야겠다. 아니면 담요가 나으려나? 이런 생각을 하고 있는데, 아냐가 다시 이쪽을 본다. 게다가 그 눈빛은 어쩐지 딱하다는 듯 아련한 온기를 품은 듯 보였지만, 로이드가 그쪽을 돌아보자 아냐는 이미 펠릭스와 함께 본드의 털을 골라 주고 있었다.

◉

몇 분 후.

"오래 기다리셨죠?"

하는 목소리와 함께 요르가 돌아왔다.

그 음성은 이미 여느 때의 그녀다.

**SPY×FAMILY**

안심한 로이드가,

"일찍 왔군요. 요르… 요르 씨이이이?!"

다정한 미소로 요르를 맞이하…려 했으나, 저도 모르게 소리를 지르고 말았다.

그도 그럴 것이, 요르의 풍성한 검은 머리가 모조리 앞으로 넘어와 얼굴을 뒤덮고 있었기 때문이다. 그뿐만 아니라 턱 아래쪽의 머리카락은 마치 목도리처럼 목을 칭칭 감고 있다.

"왜, 왜 그러시나요, 로이드 씨?"

눈앞이 가려져서인지 몸을 약간 굽히고 양손을 앞으로 내민 요르가 잔걸음으로 다가왔다.


"히야아아악!! 유령이다!"

"멈멈멈!"


공포에 질린 아냐가 울음을 터뜨리고, 본드도 꼬리를 말며 떨고 있다. 그런 한 사람과 한 마리를 유령 본인이 조심스레 살폈다.

"네에? 유, 유령이 나타났나요? 아, 아냐, 본드, 괜찮아요?"

'요르 씨야말로 괜찮은 겁니까?'

하고 묻고 싶은 마음을 꾹 누른 로이드가,

"저, 요르 씨. 그 머리모양은 어떻게 된 겁니까?"

하고 애써 침착하게 물었다.

"네? 아뇨, 저… 이건 카, 카밀라 씨한테 배운 최, 최신 유행 스타일이에요. 모처럼이라서 한 번 해 봤어요."

"그 머리모양이 요즘 유행이라고요?"

"아, 네!"

살짝 더듬기는 했지만 요르가 단호하게 대답한다.

"기왕이면 최신 유행 스타일로 그려 주셨으면 했는데, 이, 이상한가요?"

"…음… 이상하다는 게 아니라…."

로이드가 우물거린다.

물론 말할 것도 없이 이상하다. 하지만 설령 (사실, 말이 안 되지만) 요르가 진심으로 그 머리모양을 마음에 들어 한다면 그녀의 마음을 다치게 할 우려가 있다.

'역시 화장실은 구실이고, 얼굴을 그리는 것이 싫어서일까? 아니면 정말 그 머리모양이 멋지다고 생각하는 걸까?'

로이드가 그 본심을 파악하기 위해 앞머리 유령으로 변신한 아내를 이리저리 뜯어보았다.

**SPY×FAMILY**

'으… 모르겠다. 어느 쪽이지?'

평화로운 휴일 공원 한 귀퉁이에서 남모르는 긴장이 감도는 가운데, 펠릭스가 평탄한 목소리로,

"저, 그 머리모양도 참신하고 좋지만, 전체적인 색감이 너무 어두워지니까 원래 모양이 좋다고 생각합니다."

그렇게 의견을 제시했기 때문에 로이드가 더 이상 고민할 필요 없이 요르의 머리모양은 원래로 돌아오게 되었다.

◉

"요르 씨, 아쉽게 됐군요."

"…아, 네."

화가의 요청에 의해 원래의 머리로 돌아온 요르는 언뜻 봐도 의기소침했다. 여전히 안색도 나쁘다.

펠릭스가 지시하는 대로 피크닉 매트 위에 세 가족이 앉고, 옆의 잔디 위에는 본드가 기분 좋게 잠들어 있다.

"자연스러운 그대로가 좋으니 편하게 이야기들 나누세요. 조금 움직이셔도 아무 지장 없으니까요."

그렇게 말하고 펠릭스가 캔버스로 연필을 가져간다.

"아냐 배고파."

그러면서 아냐는 샌드위치를 집어 들고,

"냠냠."

하며 먹기 시작했다.

'이건 너무 자유로운 것 아닌가?'

로이드의 생각과는 달리 펠릭스가 아무 말도 하지 않는 것을 보니 괜찮은 모양이다.

완전히 싸늘해진 바람에 다시 요르가 작게 재채기를 한다. 부르르 떠는 모양새가, 아무래도 얇은 민소매로는 추워 보인다.

"요르 씨, 역시 윗옷을 입는 것이 좋겠어요. 바람이 많이 차가워졌네요."

로이드가 조금 전에 요르가 벗어던진 후드 재킷을 건넸다.

"감기 걸리면 큰일 나니까요."

"아, 네… 고맙습니다."

그것을 얌전히 받아든 요르가 문득 눈을 가늘게 떴다. 그리

**SPY×FAMILY**

고 곧장 재킷의 앞뒤를 반대로 입고는, 후드를 얼굴에 뒤집어 썼다.

'어…?'

그대로 태연히 앉아 있는 요르를 보고,

'어어어?!'

로이드는 당황했다.

"요, 요르 씨?"

"네. 로이드 씨. 참 따뜻하네요."

요르가 말할 때마다 입을 덮은 후드가 오물오물 움직인다.

"정말 바람이 많이 쌀쌀해졌어요."

"……."

아냐마저 샌드위치를 먹던 손을 멈추고 말없이 그 기괴한 모습을 바라보며 꿀꺽 마른침을 삼켰다.

데생에 너무 집중해서 요르의 기행이 눈에 들어오지 않는 지, 펠릭스만 아무 반응이 없다.

하는 수 없이 로이드는 마음의 동요를 감추며,

"앞뒤를 반대로 입었어요."

그렇게 지적하자,

"…죄송해요. 제가 그만 깜박했네요."

요르가 하는 수 없다는 듯 재킷을 벗고 다시 똑바로 걸쳤다. 그러더니 시무룩하게 고개를 숙였다.

피크닉 매트 위에 어색한 침묵이 내려앉는다.

그때 세찬 바람이 불었다. 매트 끝자락이 허공으로 뜨며 펄럭펄럭 소리를 냈다. 아냐가 흑악, 하고 소리를 질렀다.

"눈에 먼지 들어갔어."

"아냐, 비비면 안 돼요. 눈 다치니까."

아냐가 손가락으로 눈꺼풀을 비비려 하자 요르가 얼른 말렸다.

"살짝 눈을 뜨고, 위를 보며 깜빡깜빡 해 보세요."

요르가 일러준 대로 열심히 눈을 깜빡이던 아냐의 얼굴이 활짝 밝아졌다.

"없어졌어!"

"다행이에요."

요르가 한시름 놓은 듯 끄덕인다. 그리고 문득 뭔가를 깨달은 듯 다시 입을 다물었다.

그런가 싶더니.

"…그러고 보니 전에 밀리 씨가 보여 준 잡지의 화장 특집에도, 눈은 인상을 가장 크게 좌우한다고 써 있었죠…."

SPY×FAMILY

뭔가 작은 소리로 중얼거렸다. 그 얼굴은 진지함을 넘어서 귀기어린 박력마저 엿보였다.

"아버지, 어머니 이상해."

아냐가 가만히 속삭인다.

"아까도 옷 뒤집어서 유령했었어."

로이드가 차마 끄덕이지 못하고 있는데, 갑자기 요르가 "앗!" 하고 소리쳤다.

"강한 바람이! 저도, 눈에, 먼지가, 들어갔네요!"

더듬더듬 국어책을 읽듯 말하더니 눈을 질끈 감는다.

참고로 바람은 전혀 불지 않았다.

"어떡하죠…. 이제 집에 돌아갈 때까지 눈을 못 뜨고 있을 것 같아요."

"……."

놀라울 만큼 뻣뻣한 연기에 아냐의 얼굴에서 가면처럼 표정이 사라졌다. 로이드도 비슷한 표정이 될 뻔했지만 이대로 방치할 수도 없다.

"저기… 괜찮아요? 요르 씨."

상냥하게 말하며 맞은편에 앉은 요르에게 몸을 내밀었다.

"어디 봅시다."

갸름한 턱에 손을 대고 얼굴을 들여다보자, 요르가 움찔 떨고 놀란 듯 눈을 반짝 떴다.

"아, 와와와…."

"많이 아파요?"

"아, 아아아프지…는…."

"가만히 있어 보세요."

그렇게 속삭이고 얼굴을 가까이 하니.

"꺄아아아~~~~~~~~!!"

"윽?!"

절규와 함께 요르의 두 손이 로이드의 상반신을 있는 힘껏 떠밀었다.

붕 떠오른 로이드는 공중에서 몸을 틀어 피크닉 매트에서 몇 미터 떨어진 잔디밭에 착지했다. 주위에서 "와아!" 하고 박수갈채가 일어났지만 펠릭스에게는 "아무리 그래도 이번에는 좀 많이 움직이셨네요." 하고 부드럽게 지적을 받았다.

**SPY×FAMILY**

"오랜 시간 동안 도와주셔서 정말 감사합니다. 여러분 덕분에 새로운 길을 발견한 것 같군요."

"…아뇨. 저희야말로 정신없이 굴어서 죄송합니다."

검은 비닐봉투를 들고 깊이 머리를 조아리는 펠릭스에게, 로이드가 지친 얼굴을 애써 감추며 미소로 응했다.

공원 안은 사람이 많이 뜸해졌고, 서쪽 하늘이 완전히 자줏빛으로 물들어 있다.

결국 요르의 기괴한 행동은 그 후에도 이어져, 고개를 뒤로 돌리고 '잠을 잘못 잤다'며 우기기도 하고, 쉴 새 없이 괴상한 표정을 짓기도 해서 그에 휘둘리는 로이드는 녹초가 돼 버렸다.

요르 본인도 많이 피곤한 듯, 거의 빈껍데기 같은 상태였다.

아냐는 그림을 그리는 동안 잠이 들어, 지금도 로이드의 품에서 기분 좋게 색색 소리를 내고 있다. 기운이 있는 것은 본드 정도다.

로이드가 자신들 때문에(라기보다 거의 요르 한 사람 때문이지만) 채색까지 할 시간이 없어진 것을 사과하자,

"아닙니다. 여러분의 색은 이미 머릿속에 넣어 뒀으니까요.

이제 집에 돌아가서 칠하면 됩니다."

"그러시군요. 그렇다면 다행입니다."

펠릭스의 말에 로이드가 애매하게 끄덕였다.

미완성인 그림에 완벽주의자 화가가 난색을 표하며 영원히 공개하지 않는다. 그렇게 될 수도 있다고 생각하니 유감이었다.

완성된 그림을 보여 주고 싶으니 일주일 후 이곳에 나와 주기 바란다는 펠릭스와 헤어져 귀갓길에 올랐다.

지금부터 슈퍼에 들러 장을 보고 저녁을 지을 기력은 없었다. 그렇다고 외식을 하러 갈 기분도 아니다.

"좀 피곤한데, 저녁은 배달음식으로 먹어도 될까요?"

"네? 아… 네. 물론이죠."

기운 없이 옆에서 걷던 요르가 반쯤 정신이 다른 곳에 간 채 대답했다. 로이드는 어떻게든 아내의 기분을 띄워 주기 위해 한껏 밝은 목소리로 말했다.

"피자는 어떨까요? 직장 동료가 맛있는 집이 새로 생겼다고 하던데."

"네? 아, 네. 좋아요. 저도 마침… 스테이크를 먹고 싶던 참이라서."

**SPY×FAMILY**

'응? 무슨 말이지? 스테이크를 얹은 피자가 좋다는 뜻인가?'

찾아보면 없지는 않겠지만 과연 그 가게에 있을까 생각하면서,

"피곤할 때는 역시 고기죠."

그렇게 맞장구를 치자,

"네… 피곤할 때는 단게 최고죠."

그런 대답이 돌아왔다.

"그럼 저, 식후에 먹을 케이크라도 사서 돌아갈까요?"

"네. 아냐도 잠들었으니, 버스로 돌아가는 게 제일 좋을 듯해요."

"……."

미묘하게 대화가 맞지 않는다.

무엇보다 죽은 물고기 같은 눈이 마음에 걸린다.

'역시 그림 모델이 되고 싶지 않았던 걸까.'

그래서 그 기이한 행동들을 한 것이라면, 모두 허사로 끝난 지금은 상당한 허탈감에 시달리고 있을 것이다.

로이드가 옆에서 걷는 요르를 살피며, 마음속으로 의기소침한 아내에게 '걱정 말아요, 요르 씨.' 하고 말했다.

'입 밖으로 말할 수는 없지만 우리 그림이 미술관에 걸릴 일

은 없을 테니까요.'

황혼의 이름을 걸고 그런 일은 허락할 수 없다.

로이드는 아냐를 고쳐 안고, 본드의 목줄을 잡고 걸으며 머릿속으로 대책을 구상했다.

현 단계에서 생각할 수 있는 가장 온건한 방법이라면 일주일 후, 완성된 그림이 마음에 드는 척하고 조직의 경비로 구입하는 것이지만 이것만큼은 아무리 해도 상상이 가지 않는다. 무엇보다 일개 정신과 의사에 불과한 로이드가 그렇게 큰돈을 턱 내놓으면 아무래도 수상해 보이지 않겠는가.

그렇다면 약간 험악하지만 남은 방법은 하나뿐이다.


펠릭스의 집에 숨어들어 빈집털이인 척 완성된 그림을 훔치는 것이다.


역시 그것이 가장 현실적일까.

그러기로 결정했으면 이제는 실행에 옮기는 것뿐인데….

'나 원, 어쩌다 일이 이렇게 된 거지.'

설마 가족들과 공원에 갔을 뿐인데 스파이 생명이 위험해지는 사태에 빠질 줄은.


# SPY×FAMILY

'오늘은 무슨 마가 낀 날인가?'

요즘 위장약을 손에서 뗄 수 없는 민완 스파이는 가만히 한숨을 쉬었다.

◉

"그래서 갑자기 펠릭스 커티스의 집을 조사해 달라는 묘한 의뢰를 했단 말이지."

매점 앞에서 단골 정보상 프랭키가 이제 알았다는 듯 코웃음을 친다.

"하여간 너도 참 번번이 희한한 일에 말려든다니까."

"그래. 정말 운도 없지."

"난 또 유명한 화가가 사실은 반정부 활동이라도 하는 줄 알았잖아."

"차라리 그렇다면 얼마나 편하겠어."

로이드가 나직이 웃는다.

차라리 펠릭스가 동서 국교 단절을 획책하는 테러리스트이며, 그 때문에 서방 스파이인 '황혼'과 접촉하려 했다면 얼마든지 대처할 방법이 있었다.

하지만 펠릭스는 어디까지나 선량한 화가였다.

그래, 선량하기에 일이 이렇게 되고 만 것이다.

"자, 네가 부탁한 주소다."

"그래, 고맙다."

프랭키가 준 종이에는 그 공원에서 멀지 않은 곳에 있는 아파트 주소가 적혀 있었다.

"방범 시스템은?"

"딱 봐도 엉성해. 그 어마어마한 부자가 왜 이렇게 허름한 아파트에 사는지 궁금할 정도라니까."

아무래도 번 돈의 대부분을 미래의 화가 육성에 쓴다는 말은 사실인 모양이다.

로이드가 종이를 자연스레 호주머니에 넣었다.

마치 담뱃값인 듯 정보료를 매점 카운터에 두고,

"그럼, 또 부탁한다."

하고 떠나려는 로이드를,

"잠깐 기다려 봐."

프랭키가 붙잡는다.

**SPY×FAMILY**

"뭐지? 나는 너처럼 한가하지 않아."

"섭섭하게 그러지 말고. 내친김에 그 녀석에 대해 좀 더 조사해 봤는데, 아마 네가 걱정할 만한 일은 안 일어날 것 같더라?"

그렇게 말하며 다른 종이를 슬쩍 내보인다.

"그게 무슨 소리야?"

눈살을 찌푸리는 로이드가 종이에 손을 내밀자 프랭키가 얼른 그것을 들어올렸다.

"여기서부터는 추가요금."

"치사하게 굴지 말고."

그렇게 말하며 로이드가 프랭키의 손에서 넷으로 접은 쪽지를 재빨리 빼앗았다.

"앗! 비겁하게!!"

"추가요금을 낼지 안 낼지는 내용을 보고 결정하지."

"누가 더 치사한지 모르겠네!"

분개하는 프랭키를 무시하며 종이의 내용을 훑는다.

그리고 두 눈을 살짝 깜빡이더니,

'…그렇게 됐단 말이지.'

저도 모르게 웃음을 터뜨릴 뻔했다.

"뭐냐? 징그럽게."

"아니, 네 말이 맞군."

"그렇지?"

"그래, 진작 깨달았어야 했는데."

로이드가 후훗, 하고 미소 짓고, 추가요금을 카운터에 놓았다.

그날 공원에서 만난 화가의 머리에서 테레빈유 냄새가 나던 이유를 그제야 알 수 있었다.

◉

일주일 후, 공원의 같은 장소에서 기다리던 펠릭스가 보여준 그림은 무척 독창적이면서 대담한 터치로 그려진 가족의 초상이었다. 사진처럼 정교하기는커녕, 보기에 따라서는 어린아이의 낙서 같기도 했다.

**SPY×FAMILY**

"이거 감자?"

"아뇨, 이건 본드입니다."

"이건 아마 새우."

"죄송합니다…. 그쪽은 로이드 씨예요."


쭉 수채화를 그렸기 때문에 유화물감을 다루는 법은 아직 익숙하지 않다며 친절한 화가는 부끄러운 듯 일러 주었다. 하지만 무척 기쁜 듯 상쾌한 표정을 하고 있었다.

"여러분 덕분에 진심으로 즐겁게 그림을 그렸습니다. 정말 감사했어요."

로이드는 집에 숨어들었을 때 이미 본 그림을 다시 한번 이리저리 들여다본다.

실사화로 한 시대를 풍미했던 화가가 슬럼프 끝에 그린 첫 번째 추상화.

거기에 얼마의 가격이 붙을지, 아니면 평가받지 못한 채 묻혀 버릴지는 아무도 모른다.


하지만 적어도 이 그림이라면 설령 미술관에 걸리더라도 임무에 지장이 없으리라는 것은 분명했다.

◎

　"어쩐지 배가 고프네요. 로이드 씨, 오늘 저녁은 제가 만들겠어요!"

　"네?! 아, 그럼 부탁합니다…."


　빙그레 웃으며 선언하는 요르에게 로이드가 당황하며 끄덕인다.

　"그럼, 이대로 슈퍼에 들렀다 돌아가죠."

　요르는 그렇게 말하고, 통통 튀는 발걸음으로 공원 출구로 향했다. 펠릭스의 그림을 본 후 그녀는 눈에 띄게 기분이 좋아졌다.

　지난 일주일 내내 어둡게 가라앉아 있었던 만큼 오랜만에 보는 밝은 표정에 로이드는 한시름 놓았다.

　"뭐든 먹고 싶은 게 있으면 말씀하세요."

　생글생글 웃는 요르와는 대조적으로 명백히 기운이 빠진 아냐가,

　"…아냐 배 별로 안 고파."


**SPY×FAMILY**

하고 방어선을 친다.

"나중에 먹고 싶은 과자 다 사 줄게."

로이드가 재빨리 작은 소리로 달랬다. 모든 것은 가정의 화목을 위해. 나아가서는 임무를 위해서다.

"요르 씨의 요리 솜씨도 하루하루 발전하고 있잖니? 괜찮을 거야."

"그럼, 아버지가 시식해."

요르는 두 사람의 그런 대화도 모른 채,

"역시 쇠고기가 좋을까요 아니면 통오리로 할까? 소금에 절인 돼지고기도…."

콧노래를 섞으며 오늘 저녁 메뉴를 생각하고 있다.

나 원, 로이드는 쓴웃음을 지었다.

'설령 그의 작풍이 대폭 달라지지 않았다 해도 어차피 내가 훔쳐 내서 없애 버렸겠지만.'

그런 것을 요르 씨가 알 리 없으니, 지난 일주일 동안 그녀는 정말 보기 딱할 정도였다.

'언제 데이트라도 청해 볼까? 아니, 또 턱을 걷어차이면 곤란하지. 일단은 가족끼리 뭔가 맛있는 것이라도 먹으러 가야겠다.'

그런 생각을 하면서도, 어찌 됐든 이 일련의 소동이 무사히 마무리된 데 안도의 한숨을 쉰다.

**'그나저나 뭐라 할 말이 없는 그림이었어….'**

감자 같은 본드는 그렇다 쳐도, 로이드는 아냐가 새우로 잘못 볼 정도였으니.

하지만 그런 한편, 사진처럼 아름다운 그림을 그리던 시절에는 없었던 뭔가가 그 그림에 담겨 있다는 생각이 들었다. 하지만 그것이 뭔지 로이드는 알 수 없었다.

그런데 아냐가 갑자기,

"아냐 그 그림 좋아."

하고 말했다.

아이답게 가차 없는 표현으로.

"되게 못 그렸지만 어쩐지 따뜻해서 좋아."

"……."

그 말에 문득, 그때까지 몰랐던 것을 깨달은 기분이 들었다.

뛰어난 기교를 구사한 사진처럼 정교한 그림에는 없었던, 소중한 것. 그것을 발견했기에 펠릭스는 그렇게 환한 웃음을 지을 수 있었을 것이다.

로이드가 화가의 행복한 웃음을 떠올리고 있자니.

**SPY×FAMILY**

"후후후. 정말 멋진 그림이었어요."

요르가 아냐의 말에 끄덕였다.

"그분의 눈에는 우리가 그렇게 행복해 보였구나 생각하니, 어쩐지 무척 기쁘네요…."

그렇게 말하고 쑥스러운 듯이 웃는 그녀에게 로이드도 웃으며, "그렇군요." 하고 대답했다.

특별한 의미는 없다.

어디까지나 이 위장 가족의 평온을 위해 말을 맞춰 주는 것뿐이다.

가족의 말에 동의한 것은 로이드 포저라는, 이 임무를 위해 만들어 낸 존재지 황혼 본인이 아니다.

하지만 그 마음속은 스스로도 놀랄 만큼 평온하고 잔잔했다. 오늘의 이 파란 하늘처럼….

"나도 참 좋은 그림이라고 생각해요."

자연히 그런 말이 이어진다. 본드가 찬성이라는 듯,

"멍!"

하고 짖었다.

그러자,

"본드도 좋대."

하고 아냐가 웃는다.

그런 딸의 모습을 보고 요르가 부드럽게 미소 짓는다.


파란 하늘 아래, 로이드의 얼굴에도 결코 위장이라고만은
할 수 없는 미소가 떠올라 있었다.

SPY×FAMILY

**SHORT NOVEL**

오스타니아의 수도 베를린트의 어느 레스토랑.

그렇게까지 고급스럽지는 않지만 세련됐으며, 엄선된 재료를 풍부하게 사용한 셰프의 창작요리와 아늑한 분위기가 인기인 이 가게의 웨이트리스 릴리는 결혼상대를 찾느라 한창이었다.

"…그치만 결혼이라는 게 그렇게 좋은가?"

또다시 맞선 상대에게 거절당한 릴리는 시무룩한 얼굴로 매장 오픈을 앞두고 테이블을 정리하며 동료 로즈에게 투덜거렸다.

"너도 참, 암만 또 차였다지만 네가 지금 자포자기 할 때니? 슬슬 마음먹고 준비하지 않으면 더 물러날 곳이 없다고."

"차, 차인 거 아니야! 서로 가치관이 안 맞았을 뿐이지! 너야말로 남자친구랑 결혼이 코앞이라고 누굴 무시하니?"

릴리는 발끈해서 말했다가 한숨을 푸욱 쉬었다.

**SPY×FAMILY**

"난 그냥 남편감 안 찾을래! 혼자가 좋아! 평생 혼자 살 거야!"

릴리가 슬픔과 갈 곳 없는 조바심에 접던 냅킨을 마구 구기자, 선배인 로즈가 "떽." 하고 나무란다. 게다가 현실을 똑바로 보라는 잔소리까지 듣고, 릴리는 씩씩거리며 하소연했다.

"하지만 우리 매장에 오는 가족들을 봐도 전혀 행복해 보이질 않는걸."

"음… 뭐, 그건 그래."

"왜, 아이한테는 깐깐하게 잔소리하면서 정작 자기 식사 매너는 꽝인 부부도 있고."

냅킨을 다시 접으며 릴리가 실제로 레스토랑에서 본 손님들을 예로 들자,

"아 그건 짜증 나더라."

꼴사납다며 로즈가 얼굴을 찌푸렸다.

"그러고 보니 식사하는 내내 싸우는 신혼부부도 있었지. 그럴 바엔 집에 가든가."

조그만 꽃병을 테이블 가운데 놓으며 어느 손님 이야기를 꺼낸다. 릴리가 그에 한 술 더 뜨고 나와,

"왜 있잖아, 남편이 꼬치꼬치 트집 잡던 노부부 기억나?"

"기억나, 기억나."

"음식이 미지근하다, 서빙이 느리다, 장식한 그림이 촌스럽다, 테이블보에 주름이 졌다는 둥 하면서. 남편이 지배인에게 따지는 동안 부인은 쥐구멍에라도 들어가고 싶은 얼굴로 웅크리고 있는 게 어찌나 딱하던지. 그 남편은 집에서도 그 모양이겠지."

"숨이 막히겠다."

상상했는지 로즈가 미간에 주름을 잡았다. 지긋지긋하다며 부르르 떨기까지 하면서.

"하긴 결혼이 꼭 행복은 아니니까."

"맞아, 맞아."

그 후로도 둘이서 불행한 결혼을 했음직한 손님의 이야기로 꽃을 피우다가, 마지막에 릴리가 어깨를 푸욱 떨궜다.

"아… 이렇게 보니 딱 그거네. 결혼은 인생의 무덤이라는 말. 그게 현실일지도 몰라."

"아, 하지만 왜, 그 가족도 있잖아?"

로즈가 은식기 방향을 바로잡으며 말했다.

"그 가족?"

"그 왜, 남편이 딱 네 타입이라고 했던 그 가족 말이야."

**SPY×FAMILY**

"아! 호, 호, 호 뭐라던 그분!"

"포저 님이었어. 언제나 꼬박꼬박 예약을 하고 찾아오잖아."

로즈의 말에 릴리는,

"맞아, 포저 님이었지."

하고 크게 끄덕였다.

포저 일가는 부부와 딸로 이루어진 3인 가족. 한눈에도 상류계급임을 알아볼 수 있는 가족이지만 태도는 전혀 거만하지 않고 소탈하며 예의 바르고, 가게 점원들에게도 친절하고 상냥하다.

키가 크고 부드럽게 미소 짓는 포저 님은 자세히 보면 상당한 미남으로 완전히 릴리의 취향이었는데, 그 아내인 여성 또한 수수해 보이면서 역시 가만히 보면 단정한 이목구비에 스타일이 빼어났다. 더구나 요리를 잘못 내온 릴리에게도 무척 상냥했으며, 실수를 한 사람의 괴로운 마음까지 헤아려 주니, 이런 사람은 도저히 못 당하겠다고 마음속으로 백기를 든 적이 있다. 그래서 잘 기억한다.

"남편이 미남이고 아내도 미인이고, 게다가 아이까지 엄청 귀여웠잖아?"

릴리는 가까운 테이블의 테이블보 주름을 펴면서 한숨을 쉬었다.

네 살 정도 됐을까? 약간 혀짧은 말투나 아이답게 요리조리 달라지는 표정을 떠올리자 모성과는 거리가 먼 릴리마저 마음이 찡해진다.

"사실은 얼마 전 시내 동물원에서 그 가족을 본 적이 있는데…."

"아, 네가 열두 번째 맞선 상대와 데이트했을 때? 보기 좋게 차였다고 했었지."

"그 말은 빼고! 그때 남편이 딸을 목마 태우고 기린을 보고 있었거든. 흥분한 딸이 기린의 머리 움직임을 따라서 막 빙글빙글 돌리는 거야. 그랬더니 남편이 '어허, 위험하잖아.' 하고 쓴웃음을 지으며 꾸짖는데, 그래도 절대 딸을 떨어뜨리지 않도록 꼭 안고 말이야, 부인은 그 모습을 흐뭇하게 바라보고 있더라고."

마치 행복한 가족 영화의 한 장면 같았다.

맞선 상대와 대화가 잘 통하지 않기도 해서, 문득 눈물이 날 뻔했던 기억이 났다.

저 사람들은 행복해 보여. 아아, 좋겠다.

순수하게 그런 마음이 드는 광경이었다.

**SPY×FAMILY**

릴리가 혼자 감상에 젖어 있자니,

"그 집 남편 직업이 의사래."

로즈가 문득 생각난 듯이 말했다.

"그렇구나! 아아, 점점 더 부러워지네…. 그보다 그건 어떻게 알았어?"

"서빙할 때 가족들이 나누는 이야기가 들렸거든. 참고로 부인은 시청에서 일하는 공무원이고, 딸은 이든 칼리지에 다닌대. 이상적인 가족이지 뭐야."

"뭐어?! 그 애가? 그 꼬맹이가 초초초초 명문학교의 학생이라고?! 걔가 그렇게 똑똑해?! 아니, 그보다 어떻게 그런 것까지 다 알아? 스파이야?!"

릴리가 동료의 정보수집력에 글자 그대로 혀를 내두른다.

"무슨 소리야. 웨이트리스로 일하는 재미가 이런 건데."

테이블 세팅을 마친 로즈가 태연히 대답했다. "그러고 보니 오늘 포저 님 예약 건이 있던데."

"으… 의사 남편에 시청 공무원 아내에 이든 칼리지에 다니는 딸이라…."

그야말로 그린 듯 행복한 가정.

분명 근사한 집에 살며 사랑과 평온으로 가득한 나날을 보내고 있겠지.

그 눈부신 모습을 상상하고 눈을 꼭 감는다. 릴리에게는 너무나 눈이 부시다.

"그리고 커다란 개도 기르나 봐. 너 개 좋아하지?"

"큰 개까지?!"

너무 부러운 나머지 그 자리에 쓰러질 듯한 릴리를 보고,

"어때? 결혼하고 싶어지지 않니?"

로즈가 놀리듯 묻는다.

릴리는 에이프런 자락을 두 손으로 꼭 쥐고,

"로즈! 결심했어! 나 앞으로도 있는 힘껏 남편감을 찾을 거야!!"

그렁그렁한 눈으로 그렇게 외쳤다고 한다.


하지만 그녀들은 모른다.


그림으로 그린 듯 행복해 보이는 이상적인 가족이 사실은 완전한 남남으로 이루어진 위장 가족이라는 것을.

그리고 포저 일가 역시, 위장 가족인 자신들의 존재가 오스타니아의 혼인율을 끌어올리는 데 공헌하고 있다는 것을 꿈에

도 몰랐다.

〈SPY×FAMILY ～가족의 초상～〉 마침

SPY×FAMILY 소설판 『가족의 초상』을 읽어 주셔서 감사합니다.

JBOOKS와는 인연이 있어서 그동안 몇 번 함께 일을 했는데, 설마 제 작품을 소설화하는 날이 올 줄은 생각지도 못했어요.

기쁜 반면 '내가 만든 캐릭터를 다른 사람이 움직여 준다'는 경험이 처음이라 불안했는데, 그런 걱정이 필요 없을 만큼 야지마 선생님이 멋진 이야기를 만들어 주셨습니다.

제가 좋아하는 이야기는 제2장입니다. 아냐와 유리의 경쾌한 대화나 좌충우돌에 저도 모르게 웃음이 터졌어요. 제3장에서 로이드와 프랭키가 나누는 대화도 좋아합니다. 문장으로만 그리는 등장인물이 생생하게 살아 있어서 정경이 쉽게 떠올랐고, 삽화도 무척 편하게 그렸습니다.

(4장만은 저의 부족한 센스로 표현할 수 없어서 이미지 영상처럼 슬쩍 넘어가 버렸습니다. 죄송해요.)

독자 여러분도 소설이기에 볼 수 있는 패밀리의 우당탕탕 코미디를(보시는 김에 삽화도) 즐겨 주신다면 좋겠습니다.

**엔도 타츠야**

## 후 기

〈SPY×FAMILY〉의 코미컬함, 그러면서도 은은하게 떠도는 불온함, 냉전시대 유럽을 연상시키는 우아함과 음침함이 떠도는 세계관, 영화처럼 인상적인 장면, 마음을 휘어잡는 독백, 상쾌한 액션, 사랑스러운 등장인물, 모두 다 너무너무 좋아합니다. 할 수만 있다면 이든 칼리지 직원이 되고 싶어요. 아니면 베를린트 시민이 되어 좋아하는 사람들을 매일 지켜보고 싶습니다.

엔도 선생님, 연재로 바쁘신 중에도 꼼꼼하게 감수를 해 주셨을 뿐만 아니라 멋진 일러스트를 그려 주셔서 정말 감사합니다…! 〈TISTA〉 시절부터 열렬한 팬이었던 선생님의 일러스트를 직접 볼 수 있다니… 그 아름다움, 사랑스러움에 눈물이 났어요.

담당인 로쿠고 님, 나카모토 님, 신세가 많았습니다. 곤란할 때는 오로지 담당자님만 믿으며, 무슨 일이 있을 때마다 도움을 받

앗죠. 데뷔 이후 쭉 따뜻하게 지켜봐 주시는 JBOOKS 편집부 여

러분, 점프+ 담당인 린 님, 교정을 맡아 주신 주식회사 NAHT의

시오타니 님, 이 책의 제작, 출판에 관여하신 많은 분들, 그리고

이 책을 읽어 주신 여러분 한 분 한 분께 진심으로 감사드립니다.

정말 고맙습니다.


앞으로도 함께 〈SPY×FAMILY〉를 마음껏 즐겨요!

**야지마 아야**

가족의 초상 **SPY×FAMILY**

# SPY × FAMILY
## 가족의 초상

———

**2022년 10월 10일 초판 발행**
**2023년 2월 20일 2쇄 발행**

**저자** 야지마 아야 | **원작·일러스트** 엔도 타츠야 | **옮긴이** 서현아
**발행인** 정동훈 | **편집인** 여영아
**편집 팀장** 황정아 | **편집** 노혜림
**발행처** (주)학산문화사 | 서울특별시 동작구 상도로 282 학산빌딩
**편집부** 02.828.8838(전화), 02.816.6471(팩스) | **영업부** 02.828.8986(전화), 02.828.8890(팩스)
**홈페이지** www.haksanpub.co.kr | **등록** 1995년 7월 1일 | **등록번호** 제3-632호

———

———

ISBN 979-11-6927-685-6 04830
ISBN 979-11-6927-684-9 (세트)

**값 7,000원**